# 捜査組曲

東京湾臨海署安積班

今野 敏

角川春樹事務所

目次

# 捜査組曲

東京湾臨海署安積班

# カデンツァ

# 1

夜中の呼び出しには、もう慣れているはずだ。何年も刑事をやってきた。だが、やはり、うんざりした気分になる。

それが不審火となれば、なおさらだ。火事場の検証は、刑事が最も嫌がる仕事の一つだ。すすでどこもかしこも真っ黒になる。夏は余熱で暑く、冬は放水の名残で冷たい。

安積剛志は、ベッドを抜け出て、のろのろとワイシャツと背広を身につけた。てきぱきと動かないのは、せめてもの抵抗だ。

現場まで、タクシーなら十五分だ。待機寮にいる須田や黒木、桜井らが先に到着しているだろう。

妻子と自宅に住んでいる村雨が、一番遅いかもしれない。

時計を見ると、夜中の二時半だった。安積は溜め息をついてから自宅のマンションを出た。

現場は、お台場のショッピングセンターだった。この土地には、次から次へと新しいものができる。

このショッピングセンターも比較的新しい建物だ。ビルの中には、ライブなどに使用するスペースもあるらしい。

現着したとき、予想どおり、須田、黒木、桜井がいた。機動捜査隊の連中と須田が何やら話し込んでいた。

須田は安積を見ると、深刻な表情で報告した。

「不審火です。放火ですね」

須田は、事件の報告をするときは、そういう表情をするのだと、自分で決めているようだ。

だから、テレビドラマの主人公のようにどこか不自然に感じられる。

「通報したのは誰だ？」

「警備員の一人です」

「警備会社の人間か？」

「そうです。その警備員が発見して、いち早く消火活動を始めたので、小火で済みました。もし、発見が遅れていたら一大事になったはずです」

「ほう、その警備員は、お手柄だったじゃないか」

「そうなんですよね。話を聞いてみますか？」

安積はうなずいた。

「遅くなりました」

そこに水野真帆が到着した。安積班の紅一点だ。

安積は水野に言った。

「鑑識から話を聞いてくれ。何か見つけているかもしれない」

「了解です」

水野は、元鑑識係員だった。キャップをかぶり、カメラのストロボを光らせている鑑識係員たちのもとに水野が向かうと、安積も火事を発見したという警備員に会うために、須田とともに歩き出した。

その警備員は、消防車の脇で消防士と話をしていた。火事を発見した状況を訊かれているのだろう。

声をかけようか、話が終わるまで待とうか、しばし迷った。そして、待つことにした。

須田は、並んでいる消防車を眺めていた。おそらく、何かに感心しているのだろうと、安積は思った。

須田は、どんなときも驚きと感動を忘れない。時にはそれが仇となり、過剰に感傷的になることがある。

消防士が安積と須田に気づいた。

「臨海署の安積係長ですね?」

「深川消防署の佐藤です」

見覚えはなかった。だが、向こうは覚えているようだ。

「深川……?」

そうだった。お台場は、消防署にとってはなかなか面倒な場所らしい。港区台場は、芝消防署の管轄だが、江東区青海は深川消防署の管轄になるのだ。

かつて臨海署がまだプレハブの庁舎で、ベイエリア分署などと呼ばれていた頃、安積たちは、よく近隣の署の助っ人を頼まれたものだ。

新設署で、まだ所轄の境界線が周囲の署員たちに浸透していなかったし、その当時のお台場では、事件らしい事件はほとんどなかったからだ。大きな施設と言えば、『船の科学館』くらいで、寂しい埋め立て地に過ぎなかった。

それが今ではすっかり変わってしまった。放送局ができた頃から、お台場は観光スポットになり、若者たちが押し寄せるようにやってくるようになった。

消防署も、警察署と同じように、縄張り意識があるのだろうか。同じ東京都の職員だし、火事のたびにいっしょに現場検証をするのだが、安積は消防署の内情をよく知らなかった。まあ、知る必要もないのだが……。

佐藤が言った。

「こちらの話はだいたい終わりました。質問したければどうぞ」

「質問させていただきます」

佐藤はうなずいて、その場を離れていった。

安積は、制服姿の警備員を見た。まだ若い男だ。二十代の前半だろう。

「東京湾臨海署の安積といいます。こちらは須田」

警備員は頭を下げた。

「島貫(しまぬき)といいます」

彼は、有名な警備保障会社の名前に続けてそう言った。

「フルネームを教えてください」

「島貫義輝(よしてる)です」

彼は、名刺を取り出した。一瞬、安積も名刺を出そうかと考えたが、結局その必要はないと思った。

安積は、名刺を須田に渡した。須田は、まるで証拠品か何かのように、慎重に受け取った。

現住所を尋ねてから質問を始めた。

「すいません。何度か訊かれたと思いますが、発見した経緯を話していただけますか?」

「定時の巡回を終えて、詰所(つめしょ)に戻ろうとしたときでした。ビルの脇が明るくなっているのに気づきました。揺れる光でした。窓の向こうにちらちらとした光が見えたんです。あ、何かが燃えている、と思い、消火器を手に駆けつけました」

「消火器はどこにあったのですか?」

「ビルの一階の所定の位置にありました。玄関の近くです」

「炎に気づいたとき、あなたはビルの中にいたのですね?」

「はい、一階にいました」

「巡回は、一人でされるのですか？」

「はい。一人です」

警察官なら、必ず二人一組になるのだが、民間警備会社だと、人数を増やすとそれだけコストがかさむことになる。

「誰かを見ませんでしたか？」

「誰か……？」

「検証結果を待たなければいけませんが、おそらく放火です。放火犯が近くにいたはずです」

島貫は眉間に皺を刻んだ。

「いえ、誰も見ていませんね……。自分は建物の中にいましたので……」

安積はうなずいた。

島貫の供述に不自然なところはないと思った。須田のほうを見た。何か質問はあるかと、無言で尋ねたのだ。

須田が島貫に言った。

「咄嗟に消火器を持って外に向かうなんて、すごいですよね。外に出てみて火事だってことになってから、消火器を探すのが普通だと思うけど……」

島貫は、誇らしげにほほえんだ。

「普段から、そういうふうに訓練されていますから……」

「えっ……」

須田が目を丸くした。「消防士でもないのに、消火訓練もするの？」

「しますよ。頻度は多くないですが、消火器などの使用法に通じていないと、いざというときに役に立ちませんから……。わが社は、あらゆる不測の事態に対する備えと対処法を考慮しております」

須田がさらに尋ねた。

「その不測の事態の中に、火事も含まれているのですね」

「当然です」

「なるほど……。それで、臭(にお)いはしませんでしたか？」

島貫は怪訝(けげん)な顔をした。

「臭いですか？」

「そうです」

「どういうことですか？」

「たいていの人は、まず臭いで火事に気づくんです。まず、異臭がする。そして、煙に気づく。炎を見つけるのは、その後なんです」

島貫は笑みを洩(も)らした。

「ああ、そういうことですか。たしかに、そうかもしれませんが、さきほども言ったように、自分はビルの中にいました。ビルというのは、気密性が高いので、外の臭いはほとんど入ってきません」

「なるほど……」

「刑事さんが言われたことは、ビル内の火災には当てはまりますが、今回のケースには当てはまりませんね」

須田は、島貫から目をそらしている。半眼になり、まるで仏像のような顔をしている。須田は、目を見開いていることが多い。しょっちゅう何かに驚いたり感動したりしているからだが、本気で頭を働かせるときは、この半眼の顔になる。

もしかしたら、これが本当の須田なのかもしれないと、安積は密かに思っている。

「このビルを毎日巡回されているのですね？」

「ええ、それが仕事ですから……」

「いつからこのお仕事をされているのですか？」

「ええと……。就職したのがいつかということですか？　それとも、このビルの担当になったのがいつかということですか？」

「両方お訊きしたいのですが……」

「就職は、三年前です。このビルを担当するようになったのは、一年前からです」

「毎日巡回されて、何か妙なことに気づきませんでしたか？」

「妙なこと……？」

「ええ、不審な人物を目撃したとか……」

島貫は苦笑した。

「ここに、一日どれくらいの人が出入りすると思います？　大勢のお客さんの中には、変な人もたくさんいますよ」

「特に記憶に残っているような人はいないということですね？」

「ええ、そうですね」

「すいませんが、携帯とか、つながりやすい連絡先を教えていただけませんか？　また何か、確認する必要があるかもしれません」

「いいですよ」

島貫は、携帯電話の番号を言った。

須田はうなずいてから、安積を見た。質問は終わりだということだ。

安積は、島貫に礼を言って、彼のもとを離れた。

「おい、妙に念入りに質問していたな？」

安積が言うと、須田は驚いた顔で安積を見た。

「え、いつもと変わりませんよ」

本当に驚いているわけではないことは、長い付き合いなので、すでにわかっている。

「そうかな……。俺には、まるで取り調べをしているように聞こえたがな……」

「確認したかっただけです。相手は、まったくの素人じゃないから、何かに気づいているかもしれないと思って……」

た。

念入りに質問するのは悪いことではない。安積は別に須田を責めているわけではなかった。

もし、須田がしつこく質問する必要を感じているのなら、その理由が知りたかっただけだ。

まあ、いい。何か理由があるのなら、須田のほうから話してくれるに違いない。

安積は、村雨の姿を見つけて近づいた。村雨は、引きあげる機動捜査隊の連中に声をかけていた。

村雨が安積に気づいて目礼する。

「ごくろうさまです」

「機捜から話を聞いていたのか？」

「ええ、目撃情報はなしです。こういうビルは夜中はほとんど無人になりますからね……」

「通報者に話を聞いてきた。このビルを担当している警備保障会社の社員だ。巡回中に火事を発見したそうだ」

ちらりと須田を見ると、まだ仏像のような顔をしている。

そこに水野が戻ってきたので、安積は尋ねた。

「鑑識では何と言っている？」

「分析結果を待たなければなりませんが、灯油が使われていたのは間違いないようです。

段ボールが燃えていました」

　村雨が言った。

「アカイヌですね」

　放火の隠語（いんご）だ。こういう隠語を使うところも、いかにも村雨らしい。

　水野が言った。

「ただですね、鑑識や消防署の人の意見だと、こんなところで段ボールを燃やしても、何にもならないというんです」

「何にもならない……？」

「放火ならば、木造の建物とか、燃えるものがたくさんある倉庫などを狙（ねら）うだろうと……。段ボールが燃えていたのはビルの壁面の近くで、ご覧のとおり、こんな巨大なビルを支える鉄筋コンクリートの壁面は、段ボールを燃やしたくらいでは火はつきません」

「なるほど……」

　村雨が言った。「本物のアカイヌじゃなくて、騒ぎを起こして楽しむ愉快犯（ゆかいはん）ということですかね……」

「そうかもしれない」

「それでも放火犯は放火犯です。検挙しなければなりません」

　村雨が言った。安積はうなずいた。

「当然だな」

## 2

所轄の刑事は、常に複数の事案をかかえている。係員全員で追うのは、よほど重要な事案に限られる。

すべての捜査の優先順位を決めるのが係長である安積の役目だ。

たいていは、須田と村雨の二人の巡査部長に割り振り、彼らのやり方に任せている。東京湾臨海署が新庁舎になり、人員を拡充したときに、強行犯係が二つになり、安積たち強行犯第一係にもう一人、巡査部長が増えた。

水野だ。

安積は、そろそろ彼女にも事案を割り振っていいと考えていた。

ショッピングセンター放火の件を任せようと思っていた。村雨・桜井組は別の事案にかかりきりだ。須田・黒木のコンビも別に事案をかかえているはずだ。

ところが、珍しく須田がこんなことを言った。

「係長、放火の件、俺にやらせてくれませんか？」

やはり何かひっかかっているようだ。

「いいだろう。じゃあ、今黒木と担当している事案は、水野が引き継いでくれ」

「わかりました」

もし、村雨が同じようなことを言い出したら、安積は必ずその意図を尋ねただろう。だが、須田だとその必要がないような気がしてしまう。

須田とは一番付き合いが長い。そのせいだろうと、安積は思うことにしていた。別に村雨が嫌いなわけではないのだ。

警察官として一番信頼しているのは間違いない。ただ、村雨が自分の上司や先輩でなくてよかったと、時々思うだけのことだ。

係員たちは、それぞれの事案の捜査に出かけて行く。須田が、いつものように不器用な仕草で立ち上がり、よたよたと出口に向かおうとした。

安積は立ち上がって言った。

「俺もいっしょに行こう」

「え、係長がですか?」

「刑事は二人一組が原則だ」

「ああ……。そうですね……」

須田は曖昧(あいまい)なうなずき方をした。

捜査の方針は、須田に任せることにした。自分から事案を買って出たのだ。何か目算があるはずだ。

須田は地道に目撃情報を当たっていた。特別なことをやるわけではない。それについては、何も文句はなかった。刑事の仕事はそういうものだ。

そうして丸二日が過ぎた。

午後九時過ぎに、無線が流れた。東京湾臨海署管内で強盗未遂事件だ。

安積と須田は、まだ署に残っており、すぐに臨場した。

安積は、違和感を覚えた。現場は、またしても小火のあったショッピングセンターだった。

ビル三階のアパレル・雑貨フロアで、男性客が襲われた。背後から頭を殴られて昏倒。幸いにして、すぐに警備員が駆けつけたため、犯人は逃走し、何も盗まれなかった。

被害者男性も、すぐに意識を取り戻した。念のため病院に運ばれ、検査を受けることになったが、大きな怪我ではなさそうだった。

駆けつけた警備員というのは、島貫だった。地域課の係員たちがまず臨場し、その次が須田と安積だった。

機動捜査隊がやってきたときには、すでに安積と須田は、島貫から話を聞きはじめていた。

機捜隊員たちは、周囲の聞き込みに回った。まだ、犯人がビル内に潜んでいるかもしれず、その警戒も必要だった。

安積は、島貫に尋ねた。

「あなたが駆けつけたとき、被害者が床に倒れていたんですね？」

「ええ、そうです」

「犯人を見ましたか？」

「いえ、すでに走り去った後でした。ご覧のようにここは壁に囲まれていて、周囲から死角になっています」

島貫が言ったとおり、そこは通路の奥で、周囲の眼が届かない場所だ。トイレに向かう通路なのだ。

島貫は、さらに説明した。

「この通路を出たところにエレベーターがあるでしょう？　犯人はエレベーターで逃走したのかもしれません」

たしかに、島貫が言うとおり、近くにエレベーターがあった。

「強盗未遂事件のことをどうやって知ったのですか？」

「このフロアは終業時刻が二十一時ですから、そのための巡回を行っていました。各店舗が閉店しても、まだフロアに客が残っている場合があるので、すみやかに退館をうながしたりする必要があるんです」

「なるほど……」

「そのときに異変を察知して駆けつけたんです」

須田が尋ねた。

「防犯カメラはありますか？」

島貫は残念そうに言った。

「ここにはありませんね。ちょうど、あの角を曲がったところには一台ありますが……」

「それに犯人が映っているかもしれませんね」

「この通路を出て、すぐにエレベーターに乗ってしまったら、映っていないと思います」

須田はさらに質問した。

「被害者は倒れていた。あなたが駆けつけたとき、すでに犯人の姿はなかった。それで間違いないですね？」

「間違いありません」

「妙ですね……」

「妙……？」

「あなたが駆けつけるまでの間、財布なり荷物なりを盗む時間的余裕があったはずです。何も盗らずに、逃げた理由がわからない」

「自分が駆けつける足音を聞いたのかもしれません。それで、何も盗らずに慌てて逃げ出したのでしょう」

「もしそうなら、あなたは、逃走する犯人の姿を見ているはずです」

島貫は肩をすくめた。

「実際にそうだったのです。妙だと言われても、自分には何とも言えません」

「巡回中に異変を察知したということですね？」

「ええ、そうです」

「具体的にはどういう異変だったのですか？」

「ばたばたという物音です」

「ばたばたと……？　それは争うような音ですか？　それとも足音のことですか？」

島貫が一瞬言い淀む。

「争うような音だったかもしれません」

「それも妙ですね。被害者は後ろから襲撃されて昏倒しました。争ってはいないのです」

「では、足音だったかもしれません。とにかく普通ではない物音です。自分らは、そういうものに敏感です。常に異変に対処するように訓練されておりますから……」

この日も須田の質問は念入りだった。

そして、安積はすでにその理由に気づいていた。

村雨・桜井組、水野・黒木組も駆けつける。安積は彼らに、周囲の聞き込みを命じた。ただし、目撃情報を得るためではなく、目撃者がいないことを確かめるために……。


結果は、安積が考えたとおりだった。

機動捜査隊も安積班の面々も、目撃情報を得ることはできなかった。

現場では鑑識が作業をしている。それからやや離れた場所で、安積班が集まった。

安積が須田に言った。

「自作自演だな？」

須田は、ちょっとうろたえたような表情を浮かべてから、こたえた。

「ええ、そうだと思います」

村雨が怪訝な表情で尋ねる。

「何のために……」

須田が言う。

「それが気になっていたんだ。だから、調べてみようと思って……」

「おい……」

村雨が顔をしかめる。「アカイヌにタタキだ。難しい話じゃないだろう。任意で引っぱって、追及すれば落ちるはずだ」

これが一般の刑事の考え方だ。だが、須田はちょっと違うようだ。

「落ちないかもしれないよ」

「どうしてだ？」

「本人には悪いことをしているという自覚がないかもしれない」

「だが、実際に放火と強盗未遂を働いているんだ。本人の意識の問題じゃない」

須田は、何か言いづらそうにしている。

水野が言った。

「だったら、物的証拠を見つけるしかないわね」

桜井が尋ねる。

「鑑識で何か出ますかね？」

「放火のときに着ていた制服を調べれば、灯油の成分を検出できたかもしれないわ」

　桜井が言う。

「すでにクリーニングとかの対処をしている可能性がありますね」

「ならば、靴ね。制服はおそらく何着かあってクリーニングに出したりするでしょうけど、靴は替えないと思う」

　桜井が難しい顔で言う。

「令状がない限り、任意で提出してもらうしかないけど、拒否するでしょうね。あるいは、やはりきれいに拭き取って提出するか……」

「拭き取っても、灯油ならば染みこんだ成分を検出できるはずよ」

　村雨が言った。

「身柄を押さえたほうが早い。逃亡されたら事だ」

「えーと……」

　須田が言った。「自分は、現行犯逮捕が一番だと思います。そうすれば、本人もきっと理解できます」

　安積は、須田の物言いがずっと気になっていた。彼は、島貫の何を気づかっているのだろう。

　村雨が言ったように、身柄を確保して追及すれば、自白するようにも思える。だが、須田はそうしたくはないようだ。

安積は、言った。

「水野と黒木は、こちらの事案に付き合えるか？」

水野が黒木を見た。黒木がこたえた。

「だいじょうぶです。今かかえている事案は、あらかたケリがつきました」

「では、二人は、物的証拠をかき集めてくれ。放火の件と、今回の強盗未遂の件だ。島貫の身辺のどこかから、灯油等放火に関連する物質が検出されるかもしれない。また、強盗未遂については、防犯カメラを細かくチェックしてくれ」

水野がこたえた。

「了解しました」

村雨が安積に尋ねた。

「自分と桜井はどうします？」

「何か事案をかかえているんだろう？」

「こっちを優先しますよ」

「では、須田や俺といっしょに、島貫に張り付く。今度また何かやろうとしたら、現行犯逮捕だ」

村雨の主張を受け容れずに、須田の方針を採用したということだ。だが、村雨は何も反論しなかった。

「わかりました」

その口調に非難の響きもない。上司の命令には何も言わずに従う。その点も、実に村雨らしい。


交代で張り込みをすることにした。張り込みには車があったほうがいい。村雨の自家用車を使うことにした。

署は大きくなったが、パトカーや捜査車両が豊富にあるわけではない。刑事は基本的には、徒歩で聞き込みし、電車などの公共交通機関で移動する。

捜査に車両が必要なときは、自家用車を転用することが多い。その事情は今も昔もそれほど変わっていない。

昼下がり、須田とともにショッピングセンターの中で、島貫の動向を見張っていた。もし、本庁のように人員が潤沢（じゅんたく）なら、顔を知られていない捜査員を張り付かせるのだが、所轄ではそうもいかない。

気づかれないことを祈るしかない。また、気づかれたとしても、それはそれで効果がある。

さらなる犯罪の抑止（よくし）になるし、プレッシャーをかけることで、相手がボロを出す可能性もある。

村雨たちは、車の中で待機している。署活系（しょかつけい）の無線で連絡を取り合っていた。署活系とは署外活動系の略だ。

四時間ほどで交代することになっていた。まだ、島貫は不自然な動きを見せない。張り込みは我慢が勝負だ。そして、刑事は我慢に慣れている。

## 3

村雨たちと交代して、車に戻って来た安積は、助手席の須田に尋ねた。

「島貫が、悪いことをしている自覚がないというようなことを言っていたな。それは、なぜだ？」

「彼は、真面目(まじめ)なんです。そして、他人に認められたいという気持ちが人一倍強いんだと思います」

「たまげたな……。おまえは、彼に二度しか会っていないんだぞ。なのに、そんなことがわかるのか？」

「俺だって刑事なんですよ。係長だって島貫が怪しいって思ったでしょう？」

「正直言うとな、二件目がなければ俺にはわからなかった」

須田は、何を言っていいかわからない様子だ。余計なことを言ってしまったと悔やんでいるのかもしれない。

安積は続けて言った。

「まあ、二件目が起きて、マッチポンプだということがすぐにわかったよ」

「大きな被害が出ていないのが、せめてもの救いですね」

「しかし、わからないんだ」

「何がです？」

「放火だけなら、自作自演だとばれなかったはずだ。いくら何でも、短期間に同じようなことが続くと、ばれてしまう。当然そのことには気づくだろう」

「わかっていても、やらざるを得なかったんですよ」

「どういうことだ？」

「島貫には、病的な欲求があるのかもしれません」

「病的な欲求……？」

「代理ミュンヒハウゼン症候群って、知ってますか？」

「たしか、自分の子供や親といった近親者を病気にさせたり怪我をさせたりして、献身的に看病や手当てをすることで、賞賛を得ようとする精神疾患のことだな？」

「そうです。ミュンヒハウゼン症候群が、自傷したり、病気を装ったりするのに対して、代理ミュンヒハウゼン症候群は、自分の献身的な姿を周囲にアピールすることが、主な目的なのです」

「島貫も、自分の熱心な勤務態度を周囲にアピールしたかったということか？　しかし、それにしてもあまりに安易だ」

「彼は、賞賛されることが必要だったのです。それも、切実に……」

「おい、須田。どうしてそんなことがわかるんだ？　まるで昔から島貫を知っているようないい方じゃないか」

「ええ、知っていました」

安積は驚いた。

「どういうことだ？」

「彼は、神童と言われたバイオリン奏者でした」

「何だって……？」

「最初に会ったときに、すぐにわかりました。十年ほど前に一時期話題になったのです」

須田の趣味は広い。音楽もよく聴く。いろいろなジャンルを幅広く聴くようだが、その中にクラシックも含まれるらしい。

そして、彼の趣味はただ幅広いだけではなく、それぞれがかなり深い。

「どうしてバイオリン奏者だった彼が、警備保障会社の社員をやっているんだ？」

「彼が注目を集めたのは、中学生のときです。いろいろなコンクールに出場しては、上位の成績を修めたのです。でもね、バイオリンって、ずっと稽古しなければ、どんどん腕が落ちるんです。高校に入った彼は遊びを覚えて、あまり稽古をしなくなったんだそうです。そして、音大の受験に失敗。結局、音楽家の道を諦めたんだそうです。今いる警備保障会社は、親戚のコネで入社したんです」

安積は、目を丸くしていた。

「いつの間に洗ったんだ？」

「この程度のことは、一日もあればわかりますよ。彼、けっこう有名人でしたし……」

「神童も、二十歳過ぎればただの人か……」

「音楽の世界ではけっこうそういうことがあるんですよ。一流の音楽家になれるのは、ごく一部の恵まれた人たちだけなんです」

「そうなのかもしれないな……。最初に島貫に会ったときに、彼がかつて神童と呼ばれたバイオリニストだったことに気づいたんだな？　そして、火事が彼のマッチポンプだということにも気づいたということか？」

「確信はありませんでしたが、そんな気がしました。彼は、切実に賞賛を求めているということも……。少年時代に自分に向けられた注目と賞賛が、どうしても忘れられないんです」

「マッチポンプで賞賛を受けても、何にもならない」

「ええ、そうですよね。でも、彼にはそれがわからないんです。放火をして消火活動に協力しても、期待したほどの賞賛を得られなかった。ならば、次はもっとほめられるようなことをやろう。そう考えた結果が、強盗未遂事件の演出なんです」

安積はうなずいた。

「おそらく、被害者を殴ったのは、島貫本人だろう。背後から殴ったので、被害者には見られていない。トイレにでも潜んで、獲物を待っていたか……」

「そうでしょうね」

「どうして現行犯逮捕を狙うなんて言ったんだ？」

須田は意外そうな顔をした。

「なぜそんなこと訊くんです？」

「おまえのことだ。島貫に感情移入しているはずだ。だったら、今身柄確保したほうがいい。現行犯逮捕ということは、もう一つ罪を犯すということだ。それだけ、罪も重くなる」

須田は、悲しそうにかぶりを振った。

「今身柄確保して、追及しても、何もこたえないと思うんです。彼は、ただ賞賛されたいだけなんです。ただそれだけを切実に願っているんです」

「現行犯逮捕すれば、罪を認めざるを得ない。そういうことだな？」

「ええ、逮捕されて、ようやく島貫は自分が何をやっていたのかを自覚することになるのです」

安積はしばらく考えてから言った。

「できるだけ罪を軽くしてやりたいものだな……」

言ってしまってから、俺はいったい何を言っているのだろうと、安積は思った。

須田の感傷癖(かんしょうへき)が感染したのかもしれない。須田は何も言わなかった。

それから三日間、張り込みが続いた。安積たちは疲れ果てていた。それでも、張り込みをやめるわけにはいかない。

ひたすら、現行犯逮捕を狙っていた安積たちだったが、結末は意外な形でやってきた。

車の中で待機していたとき、須田が小声で言った。

「係長、なんか妙ですよ」

安積は、須田の視線を追った。その先に島貫がいた。彼は、まっすぐに安積たちが乗っている車に近づいてくる。

そのはるか後方に、村雨と桜井の姿が見える。彼らはどうしていいかわからない様子だ。

それは、安積と須田も同様だった。

島貫が警備員として働いているショッピングセンターのビルの前だった。島貫は、助手席に近づくと、車窓をノックした。助手席の須田が車窓を開ける。

安積が島貫に言った。

「どうしました？」

「刑事さんたちは、自分を捕まえたいのでしょう？　いいですよ。捕まえてください」

須田が言った。

「自首するということかい？」

正確に言うと、自首は、まだ発覚していない事件についての罪を自分から申し出ることを言う。だから、容疑がかかってしまってから出頭したとしても自首にはならない。だが、検察官に好印象を与えることは間違いない。

「そうです。放火も強盗未遂も自分がやったことです。自作自演ですよ」

安積はすっかり戸惑ってしまった。

「どうして罪を認める気になったんだ？」

「監視されていることに気づきましたからね。ああ、自分はしくじったんだと思いました」

須田が車を下りた。安積も外に出る。須田が島貫を後部座席に乗せると、村雨と桜井が駆け寄ってきて、島貫を二人で挟むように後部座席に座った。

須田が運転席に、安積が助手席に座った。須田が車を発進させると、島貫がぽつりと言った。

「カデンツァは失敗だったな……」

カデンツァは、協奏曲などにおける、無伴奏の即興演奏のことだ。それくらいは安積も知っていた。おそらく島貫は、「一人芝居」という意味で、この言葉を使ったのだろう。

結局、検察は島貫を起訴しないことに決めた。放火も強盗未遂も重い罪だ。だが、被害は軽微だった上に、島貫の本当の目的が火事によって財産や人命を失わせることではなかったし、他人から暴力によって財産を奪うことでもなかった。

燃えたのは段ボールだけだったし、強盗未遂事件でも被害者は、しばらく昏倒していただけで、金銭的被害は一切なかった。

つまり、放火の罪も、強盗も成立していないという見方もできるわけで、そこを弁護士に突っこまれるのは明らかだった。示談が成立し、傷害の告訴もない。

自ら罪を認めたことも、やはり島貫にとって有利に働いた。

検察官は、安積に悔しそうに言った。

「おい、放免にする前に、たっぷりお灸を据えてやれ」

実際そのとおりにした。当然、警備保障会社はクビになった。

だが、それは自業自得だ。安積たちは犯罪を摘発するのが仕事だ。そして、安積は職務に忠実でありたいと常に思っている。世の中には、仕方のないことがたくさんあるのだ。今回の件もそうした出来事の一つだ。

安積はそう思うことにした。


それから、一ヵ月ほど経ったある日のことだ。須田が何かのビラを持って署に戻って来た。差し出されたビラを、安積は見た。

地元のアマチュア演奏家のコンサートだった。写真に島貫が写っていた。バイオリンを構えている。

安積は尋ねた。

「島貫は、ずっとバイオリンの練習を続けていたようですね。警備保障会社を辞めたのを機に、もう一度音大を目指してみようと考えているようです」

どうやら、須田は島貫と連絡を取り合っていたようだ。かつての神童バイオリニストを、やはり放っておけなかったようだ。

「どうしたんだ？」

「音大か……。うまくいくと思うか？」

須田がこたえた。

「彼は、賞賛を得るためにはどんなことでもしますよ。遠回りしたけど、ようやく正しい道筋を見つけたんです。きっとうまくいきますよ」

安積はうなずいた。

「そうだな。きっとうまくいく」

須田がうれしそうに、はにかむようなほほえみを見せた。

それを見て、安積もなんだかうれしくなっていた。

# ラプソディー

# 1

「へえ、海賊退治ですか？」

須田が、期待どおりの反応を示した。

ある打ち合わせで、安積は東京湾臨海署の別館を訪ねた。そこに須田が同行していたのだ。

別館は、かつての水上署で、東京湾臨海署に水上署が吸収合併された後も、水上安全課として、かつてと同様に運用されている。

水上安全課・水上安全第一係の吉田勇係長と立ち話をしていたときのことだ。吉田が「海上保安庁と、海賊退治の合同訓練をやる」と言った。

安積は、須田が海賊と聞いて、きっと想像をたくましくすると思った。

吉田が須田に言った。

「海賊といっても、『カリブの海賊』や『ワンピース』みたいな連中じゃないぞ」

須田がにやにや笑いながら言った。

「わかってますよ。ソマリア沖なんかで横行しているような、武装した海上の強盗でしょう？」

「日本の沿岸や近海でも被害がある。海賊を取り締まるのは海上保安庁と定められている。

だが、我々警察だって黙ってはいられない。海上保安庁と警察庁は犯罪捜査に関する協定を結んでいる。けっこう合同訓練をやっているんだ」

須田が生真面目な表情を作ってうなずいた。

「勉強になりますね……」

安積は、よく日焼けした吉田の顔を眺めていた。海の男の顔だ。係長というより船長と呼んだほうがふさわしいように思える。

殺伐とした警察の雰囲気の中で、この水上安全課だけはまるで別物のように感じられる。やはり、海の匂いがするからだろうか。

いや、それは単なる安積の思い込みなのかもしれない。水上安全課だって、警察組織の一部なのだから、きっと日常は安積たち強行犯係と似たようなものなのだろう。

別館を後にして、東京湾臨海署に向かった。別館のある港区港南から臨海署があるお台場へは、りんかい線で行き来できる。

最寄りの駅である天王洲アイル駅まで歩く途中、須田がまたつぶやいた。

「海賊ねえ……」

安積は言った。

「やっぱり、吉田さんが言ったように、マンガか何かのことを考えているんじゃないのか？」

「ええ、実はそうなんです。でもね、俺が思い出していたのは、海の海賊じゃなくて宇宙海賊なんです」

「宇宙海賊……？」

「ええ、ドクロの旗を掲げて宇宙を駆け回るんです」

「空気のない宇宙空間では、旗ははためかないだろう。何の意味があるんだ」

「やだな、係長。シンボルですよ、シンボル」

まあ、何を想像しようが自由だ。安積は、足早に駅に向かった。

その夜のことだ。そろそろ寝ようかと思っていると、携帯電話が振動した。午後十一時を少し回った頃だ。

「はい、安積」

「吉田だ。船火事があった。状況から見て、火付けのようだ」

安積は戸惑った。

「待ってください。地上の火事なら、たしかに強行犯係が担当しますが、海上での船舶の火事は、水上安全課の仕事です」

「話を最後まで聞けよ、ハンチョウ。我々の出る幕じゃない。そこでオロクが出たらしい」

オロクは、遺体のことだ。

火事が起きた船舶の中から遺体が発見された。臨場しないわけにはいかない。

「わかりました。すぐに行きます。別館ですね？」

「ああ。十二メーター型の警備艇を栈橋に待たせておく」

「曳航してきた船艇に乗り込むんじゃないんですか？」

「けっこうでかい船でな。どこに運ぶのかまだ決まっていない。それに、火事を起こした船は、危険なのでしばらく着岸させられないんだ」

「わかりました」

「俺も臨場する。船に乗れる人数は限られているから、人選して来てくれ」

「わかりました」

安積は、即座に須田の顔を思い浮かべた。係の中で一番付き合いが長いのが須田だ。安積は、須田に連絡した。

「水上安全課の吉田さんから知らせがあった。船火事があり、そこから遺体が発見されたそうだ」

「変死体ですか？」

「わからん。それをこれから調べるんだ」

「了解しました。別館に行けばいいんですね」

「別館の栈橋で船が待っているそうだ」

「船に乗るんですか？」

「十二メーター型だそうだ」

「へえ……」

須田は船に乗れるのがうれしそうだ。安積はあまり経験がないので、どう考えていいのかよくわからなかった。何にでも好奇心を露わにする須田がうらやましいと思うことがある。

「もう一人連れて行きたいが、誰がいいと思う？」

「水野がいいでしょう。元鑑識だから……」

須田と水野は同期だ。

「いいだろう。連絡しておいてくれ」

「了解しました」

安積は、電話しながら身支度を始めていた。着替え終わると、すぐにマンションを出た。

十二メーター型の警備艇は、思ったよりも広かった。安積、須田、水野の三人は救命胴衣を渡されて装着した。

その警備艇に、吉田が乗っていた。吉田が言った。

「うねりがあるので、少し揺れるぞ」

「わかりました」

そうこたえるしかない。

勘弁してくださいと言ったところで、どうしようもないのだ。気象状況だけは、いかんともしがたい。

吉田が言ったとおり、警備艇はけっこう揺れた。問題の船は、羽田沖五キロほどのところにある。

その船は、すでに鎮火しているように見える。プレジャーボートか何かだと思っていたが、けっこう大きな船だ。この船ならば外洋を航海して遠く海外まで楽に行けるだろう。見たところ、貨物船のようだ。

船名は、『ロータス号』。それを、消防艇、警備艇、そして海上保安庁の巡視艇が取り囲んでいる。

別館と同じ、港区港南五丁目に、高輪消防署の港南出張所がある。そこから消防艇がやってきたのだ。

消防艇のボディーの赤い塗装や、巡視艇の白に大きなブルーのＳのマークはいかにも誇らしげだ。

それに比べて、警察の警備艇はちょっとひかえめに見える。大きさも、消防艇や巡視艇にはかなわない。

まあ、そんなことを気にすることはない。海上保安庁は海の専門家なのだし、消防艇は普通の船とは違う。

船が揺れるので、安積は少し気分が悪くなってきた。須田と水野のほうを、ちらりと見た。二人は平気そうだ。

吉田が操舵室から出て来た。後部甲板にいる安積たちのところにやってきて、告げた。

「火はあらかた鎮火したが、船は燃料を積んでいるし、積み荷によっては危険なものもあるかもしれない。今、消防士が点検を行っているので、乗船オーケーが出るまでしばらくかかりそうだ」

「わかりました」

「船名は『ロータス号』。カンボジア船籍だ。昔はパナマ船籍が多かったが、最近、カンボジア船籍が増えている。おそらく、この船もどこかの国の会社なり組織なりが、船籍を買ったんだろう」

　須田が尋ねた。

「いつも不思議に思っていたんですよね。どうして、パナマ船籍が多いんですか？」

「税金対策だな。それと、コストの安い船員を雇える。便宜置籍船というんだ」

「へえ……」

「税金対策や低賃金といった経済的な理由以外にも、便宜置籍船が使われることがある。日本はロシア船籍の船の入港を制限しているので、ロシア人たちはカンボジア船籍などを取得して入港してくるわけだ」

「ははあ……」

　吉田は安積のほうを見て尋ねた。

「だいじょうぶか？」

　船酔いのことを尋ねられたのだろう。あまりだいじょうぶではないが、そうこたえるわけにはいかない。

「だいじょうぶです」

「船の揺れに耐えようとして体に力を入れると余計に辛くなる。体の力を抜いて揺れに任せているほうが、三半規管が揺れなくて楽なんだ」

須田と水野が気づかうような眼を向けてくるのがわかった。安積は、わざと二人のほうを見ないようにして、吉田に言った。

「ありがとうございます。試してみます」

吉田がうなずき、操舵室に戻っていった。須田が言った。

「係長、本当にだいじょうぶですか?」

「言っただろう。平気だ」

水野が言う。

「船、弱かったんですね?」

「弱かったというか……」

安積はこたえた。「あまり経験がないんだ」

吉田の言うとおり、全身の力を抜き、揺れに逆らわないように心がけた。専門家のアドバイスというのは聞いておくものだ。たしかに、それから船酔いは楽になった。

しばらく待たされたが、午前零時になろうとするとき、『ロータス号』への乗船許可が出た。

海上保安庁の保安官も乗り込む。警視庁からは、吉田とその部下が一名、安積たち強行犯係が三名、計五名が乗り込んだ。

海上保安庁の保安官は、三等海上保安正、いわゆる三正が一名と、一等海上保安士、通称一士が一名、そして、二等海上保安士が一名いた。

三正が警部補に相当するのだそうだ。一士は、巡査部長、二士は巡査長に当たるらしい。

三正が安積に敬礼して言った。

「第三管区海上保安本部の大友です。こちらは、石田一士に谷原二士」

安積も挙手の礼を返そうかどうか迷った。結局、会釈で済ませることにした。

「安積です。吉田係長は、もうご存じですね？　いっしょにいるのは須田と水野です」

「消防士の話では、明らかに放火だということです」

大友三正が言った。

いつの間に消防士から話を聞いたのだろうと、安積は思った。おそらく、消防士が巡視艇に乗り込んで話をしていたのだろう。あるいは、その逆か……。

いずれにしろ、船舶事故の際には消防庁と海上保安庁のチャンネルができているということだろう。警察は後回しだが、仕方がない。海は海保の縄張りだ。

須田が大友に尋ねた。

「海賊にやられたんでしょうか？」

大友はちょっと驚いたように須田を見た。

「海賊……？」

「ええ、海保とうちの水上安全課が合同で海賊対策の訓練をやっていたんでしょう？」

「そうでした。しかし、襲撃された跡は見られませんね。調べてみないと詳しいことはわかりませんが、乗組員が火を付けたと考えるほうが妥当でしょう」

安積は尋ねた。

「乗組員が……？　なぜです？」

「さあ、理由はわかりません。しかし、取り調べの結果、何かわかるかもしれません」

「取り調べですって？　誰を取り調べるのです？」

「救命ボートに乗った七名の外国人が、第三管区の巡視艇に保護されています。おそらく、この船からの脱出者ではないかと思います」

「外国人……？」

「まだ調べの途中なので、詳しいことはわかりませんが、東南アジアなど、複数の国籍の人々のようです」

「その取り調べの結果は教えてもらえますか？」

「もちろんです。立ち会われてもかまいませんが……」

安積は、考えた。もし、これが地上の事案で、大友が警察官だったら「立ち会う」と言っただろう。だが、今回は大友に任せようと思った。

気後れしたわけではないし、気を使ったわけではない。海のことは、彼らに任せたい。

そんな気がしたのだ。

「船を放棄した……？」

　吉田が周囲を見回しながらつぶやくように言った。海風が吹く甲板で、なぜかそのつぶやきは、周囲の人の耳に届いた。

　安積が尋ねた。

「何か気になりますか？」

「見たところ、火事は上部構造の一部を焼いただけだ。機関もやられていない。船の持ち主や乗組員が、船を放棄するほどの事態とは思えない」

　大友三正がうなずいた。

「その点については、我々も疑問視しています。取り調べでも、追及するつもりです」

　吉田が大友に言った。

「ぜひそうしてくれ」

「了解しました。では、現場を見ましょう」

　船に近づいたときから、材木や塗料が焼けた臭(にお)いが漂っていたが、現場に近づくにつれてそれが強まった。

　刑事の仕事はどれも辛いものだが、火事場の検分はその中でも一、二を争う。今回は、揺れる船の上なのでなおさらだ。

　現場にいた消防士に話を聞く。

「ここが火元ですね」

吉田が上部構造と呼んだ、甲板上の部分の内部だった。船の後部に位置していて、最上階にあるのがブリッジ、つまり操舵室だ。

その後方に、いくつかの船室があり、その一つがひどく焼けている。消防士が示したのは、その部屋の一部だった。

たしかにその部分の損傷が一番激しい。水野が質問した。

「可燃物は？」

「ここは、居室のようですから、可燃物はいくらでもありました。就寝用のマットや毛布とか……」

「放火の疑いが強いとのことですが、失火でないと判断された理由は？」

「燃料のような臭いがしました。ここは機関室や燃料タンクから離れていますので、そのような臭いがする可能性は少ない。故意に燃料をまいて火を付けたと考えるのが妥当だと思います」

安積は尋ねた。

「遺体が発見されたということですが……」

消防士がこたえた。

「遺体は隣の部屋です」

「隣……？」

安積は尋ねた。「焼死体じゃないんですか？」

「違います」

安積たちは、隣の部屋に移った。すでに鑑識が来ていた。別の警備艇で駆けつけたらしい。係長の石倉を見つけて、安積は声をかけた。

「早いですね」

石倉はにっと笑ってこたえた。

「ぐずぐずしてたら、あんたら捜査員たちが現場の外で待ちぼうけを食らうことになるからな」

「まだかかりますか？」

「もうじきだ」

「遺体の様子は？」

「刃物で腹部を何度か刺されている。失血死だろう」

「他殺ですか」

「ああ、間違いない」

安積は、すぐに課長に連絡しようと思った。課長から署長に連絡が行き、署長は警視庁本部の捜査一課に出動を要請するはずだ。

携帯電話を取り出すと、電波が弱く心許なかった。その様子を見ていた吉田が言った。

「船から無線で連絡させよう」

「お願いします」

それから安積は、大友三正に言った。

「遺体に関しては、我々が捜査してかまいませんね？」

「殺人事件ですからね。警察に任せるべきでしょう」

海上保安庁にも捜査権はある。だが、本格的な殺人の捜査となるとやはり警察の役目だろう。

ほどなく石倉が声をかけてきた。

「現場の保存は終わった。入っていいよ」

安積は真っ先に部屋に入った。やはり居室のようだが、殺風景だ。床に固定した机と狭いベッドがあるだけだ。遺体は、そのベッドの脇(わき)にあった。

床におびただしい血が流れ出している。石倉が、「失血死」と言ったのは間違いではないだろう。

遺体に近づく前に、安積は石倉に尋ねた。

「そういえば、船は苦手だと言ってませんでしたっけ？」

「できれば、船が接岸するのを待ちたかったが、しばらくここを動きそうにないって言うんでな……」

安積はうなずいてから遺体に近づいた。

中肉中背の東洋人だ。日本人かもしれない。年齢は三十五歳から四十歳。

須田の声が背後から聞こえた。

「船で火事が起きて、船員たちが船を放棄した……。そして、死体が……。いったい、この船で何が起きたんでしょうね？」

安積は立ち上がった。

「それを明らかにしないとな……」

## 2

それからの流れは、いつもの捜査と変わらなかった。捜査一課がやってきて、検視官が他殺と断定。殺人の捜査が始まる。

捜査一課が捜査を仕切り、安積たちはそれを手伝う形になる。今回が特別なのは、捜査に海上保安庁が関わっていることだった。

乗組員たちの身柄は彼らが押さえているのだ。その点について、捜査一課の刑事が安積に文句を言った。

「どうして、全員の身柄をこっちで押さえなかったんだ？」

「救命ボートに乗っていた乗組員たちを保護したのは海保の巡視艇です。それをこっちに渡せとは言えない」

「殺人犯がいるかもしれないんだぞ」

「海保だって心得ているはずだ」

「だといいがな。もし不手際があったら、あんたの責任だぞ」

「かまわない」

責任などどうでもいい。安積は、大友三正を信じていた。一目見て信頼できる男だと思った。

海の男だからだろうか。ふと、安積はそんなことを考えていた。吉田といい大友といい、海を職場とする男には評価が甘くなる傾向がある。安積はそれを自覚していた。

長年、海を見ながら働いてきたからかもしれない。

被害者の身元はすぐに判明した。捜査員たちは、行方不明者や手配写真などと遺体の人(にん)着(ちゃく)を照合する。人着は人相着衣の略で、それが、ある指名手配犯と一致したのだ。

金井幹彦(かないみきひこ)、三十六歳。東南アジアや東欧からの人身売買の受け入れに関与したとして、人身売買罪、入国管理法違反、売春防止法(ばいしゅんぼうしほう)違反等複数の罪で指名手配されていた。

水野が言った。

「指名手配犯が、どうして船の中で死んでいたのでしょう?」

その疑問にこたえたのは須田だった。

「人身売買で手配されていたんだろう？　取り引きの最中だったんじゃないか?」

「じゃあ、売買された被害者はどこ?」

「すでに陸揚げされていたとか……」

「ならば、金井が船内に残っている理由はない」

「うーん、まさか、海の底じゃないだろうな……」

それを聞いて安積は言った。

「最悪の事態も想定しておかなければならない。海の底の捜索を頼もう」

安積は、吉田と連絡を取った。話を聞いた吉田が言った。

「船の周辺に潜水士を潜らせてみよう。海保の大友にも連絡を取って、協力してもらうよ」

海では、男たちが協力し合っている。陸では、責任を押しつけ合っている。いや、そんなことを考えるのはよそう。きっと、海でもいろいろなことがあるに違いない。

海保から取り調べの結果がやってきたのは、翌日の午後だった。七名は臨時に雇われた船員たちで、その中に船長はいなかった。

船長は中国人だったという。船員たちは東南アジア系だった。彼らは、航海に出てから『ロータス号』がまともな貨物船でないことを知った。彼らは、なんとか逃げるチャンスをうかがっていた。

停泊中に、ゴムボートで日本人が乗り込んできたという。それが、金井だろう。金井を下ろしたゴムボートはそのまま岸に引き返したらしい。

中国人船長と日本人は話をしていたが、そのうちに、いきなり船長が日本人を刺し殺したのだそうだ。

それを見た船員は、隣の船室に火を付けた。それが、船を脱出する合図だった。

その後の船長の行方はわからず、彼らは怯(おび)えているのだという。

その日の夕刻、吉田から知らせがあった。

「海の底からは、何も見つからない」

「人身売買の被害者とか、監禁用のコンテナとか……」

「ああ、何も出ない。取り引きをしていたのではないかもしれない」

安積は礼を言って電話を切った。それを、捜査一課の捜査員たちに報告する。その話を須田と水野も聞いていた。

話を聞き終わると、須田が安積に言った。

「仕入れの相談ですかね？」

「仕入れ……？　つまり被害者をどこかから連れてくる相談か？」

「ええ。人身売買の被害者の姿がないとなると……」

「トラブルになって刺したと……」

「ええ……」

水野が言う。

「ただの相談のために、わざわざ停泊中の船に乗り込むかしら？」

須田が聞き返す。

「じゃあ、何だと思う？」

「国外逃亡じゃないかしら？」

とたんに、須田の表情が変わった。仏像のような半眼（はんがん）になる。

「それだ。指名手配されていた金井が第一に考えるのは、次の仕入れじゃなくて、逃走だ」

須田の声に、会議室にいた捜査一課の連中が何事かと視線を向けてきた。安積は、捜査員の一人に今の会話を説明した。

その捜査員が言った。

「重要なのは、金井が何をしようとしていたか、じゃなくて、金井を殺害した中国人船長がどこにいるか、なんだ」

被害者が殺害された理由は重要なはずだ。国外逃亡を図ったとなれば、ストーリーが見えてくる。金井は国外逃亡を船長に依頼した。そのためには金も用意したはずだ。

船長は引き受けることにして、金を受け取る。だが、実は金井を逃亡させる気などなかった。

海外に逃がすには、それなりに手間もかかるし金もかかる。もらった金が目減りしてしまう。その手間と費用を惜しんで、金井を殺害したのだ。

しかし、その時、予期せぬことが起きた。火事が起きて船員たちが船から逃げ出したのだ。

経緯が明らかにならないと、筋も読めない。闇雲に歩き回るのは効率が悪い。だが、安積は何も言わないことにした。相手はエリート中のエリート、捜査一課だ。

被害者の身元がすぐに割れたこと、そして被害者が指名手配犯で、背後関係など詳しい事情がわかっていることなどを勘案したのだろう、結局大がかりな捜査本部はできなかった。

警視庁本部から一班十五名がやってきて、安積班がそれに加わる形となった。いちおう捜査本部という名前はついたが、東京湾臨海署別館の会議室に捜査員たちが常駐しているに過ぎない。捜査本部の実際の指揮は管理官が執った。

安積班の面々は、捜査一課の捜査員と組んで『ロータス号』の船長の行方を追った。船長の名前は、李伯了。通称ハック・リー。

もともとは漁師だったらしいが、マフィアと関係を持つようになり、犯罪絡みの仕事に手を染めた。その後、密入国や人身売買、麻薬の取り引きなどで荒稼ぎをした。

その資料は、組対第二課にあった。

港から情報を集め、関係すると思われる地域の防犯カメラの映像を分析した。

だが、李船長は発見できなかった。

船を残してどこに消えたというのだろう。捜査一課では、さらに捜査の範囲を拡大する方針だった。

上陸してすぐに移動すれば、すでに李はかなり遠くまで到達している可能性もある。港湾施設の防犯カメラだけでなく、駅の防犯カメラも対象となり、チェックを急いだ。

「捜査の拡大というより、拡散ですね」

珍しく村雨が、捜査方針に対して批判的なことを言った。

安積は同感だったが、ここで同調するわけにはいかない。

「正攻法だ。結局はそれが一番の近道だということが多い」

「捜査の範囲を広げるんだったら、捜査員も増やさないと……」

「神奈川県警の協力も要請しているようだ」

村雨は、それきり何も言わない。

須田が、例の仏像のような顔で、何事か考えているので、安積は気になり、尋ねた。

「何を考えている？」

須田は、はっとしたように安積を見た。これも、お約束の反応だ。

「係長……。いえね、『ロータス号』の救命ボートって、一艘だけですよね……」

「確認していないが、多分そうだろう。それがどうした？」

「捜査一課の連中は、李が上陸したと決めてかかっているようですけど、どうやって上陸したんでしょうね？」

「何だって？」

「『ロータス号』は、羽田沖約五キロの場所に錨を降ろしていました。救命ボートは、船員たちが船から逃げ出すのに使ってしまいました。救命ボートが一艘だったとしたら、泳ぐしかないじゃないですか。五キロも泳ぎ切れますかね？」

「何か装備があったのかもしれない」

村雨が言った。「シュノーケルと足ひれがあるだけで、泳げる距離は格段に伸びる」

「目撃情報がないのはおかしい。ずぶ濡れの中国人が陸に上がって、どこかに移動しようとしたら、必ず眼を引くはずだ」

村雨は反論せずに、考え込んだ。

水野が言った。

「須田君は、どう考えているの？」

「これって、密室じゃない？　死体があるけど、犯人がいない。だけど、船から出ることはできない……」

「ばかな……」

村雨が言った。「密室殺人なんてものは、この世にはあり得ないんだ」

「俺もそう思うよ」

須田が村雨に言う。「でもね、上陸するのは不可能に思える」

「だが、実際に姿を消している」

安積は言った。「そして、いまだに見つかっていない」

「係長」

須田が言う。「俺、吉田さんや海保の大友さんの意見を聞いてみたいんですけど……」

「吉田さんや大友さんの意見……？」

「ええ、俺、ずっと気になっていたんですよ」

「何が、だ？」

「『ロータス号』に検分に行ったとき、吉田さんは、こう言ったんです。機関もやられていないのに、船の持ち主や乗組員が船を放棄するなんて考えられない。そして、大友さんもその点を疑問視している、と……」

村雨が言う。

「乗組員には、船から逃げる理由があった」

「そう。でもね、船長にはその理由はない」

「火事があったからじゃないか？」

「だから、船を放棄するほどの火事じゃないと、吉田さんや海保の大友さんが言ってるんだよ」

水野が言った。

「金井を殺害している。だから、船から逃げる必要があったんじゃ……」

須田が水野に言った。

「俺なら船じゃなくて、遺体を捨てるね」

部下たちが安積を見た。

安積は、吉田に電話をかけた。

「質問したいことがあります」

「何だ？」

「吉田さんは、現場に乗り込んだとき、船の持ち主や乗組員が船を放棄したことが不思議だと言っていましたね？」

「不思議というか、船乗りの常識として考えられないと思ったんだ」

「乗組員たちが船から逃げ出した理由はすでにわかっています」

「ああ、犯罪行為と手を切りたかったわけだ」

「しかし、船長はどうでしょう？　あの程度の火事で船を放棄すると思いますか？」

「思わない」

「わかりました。ありがとうございます」

「訊きたいのはそれだけか？」

「はい」

「妙なことを訊きたがるもんだ」

安積はもう一度礼を言って電話を切り、すぐに海保の大友にかけた。

「はい、大友」

安積は、吉田にしたのと同じ質問をしてみた。大友も、迷いなくこたえた。

「船長が船を放棄したのは納得できませんね。理由がわかりません」

「ありがとうございました。参考になりました」

電話を切り、安積は今の二人のこたえを部下たちに伝えた。

須田が言った。

「村チョウが言ったとおり、俺も密室殺人なんてあり得ないと思うんですよ。じゃあ、船長はどこに消えたのか……。こたえは一つです」

安積は言った。

「船長は簡単に船を放棄したりはしない。つまり、船内に潜んでいるということか？」

須田がうなずいた。

「論理的に言うと、それしかないですね」

水野が言った。

「でも、『ロータス号』船内は、海保や水上安全課が捜索をしたはずよ」

須田がこたえる。

「あれだけ大きな船だ。本気で隠れようと思ったら場所はいくらでもある。船長は、船のことを知り尽くしているだろうし、犯罪に使用されていた船だ。隠し部屋なんかがあるかもしれない」

「その可能性は否定できない」

安積は、再び吉田に電話をかけた。

「何だ？　安積さん」

「殺人犯が、『ロータス号』内に潜んでいる可能性があります。捜索できますか？」

「ちょっと待て、何の話だ？」

安積は、須田たちと話し合ったことをかいつまんで説明した。吉田が言った。

「それで、船長が船を放棄するかどうか、なんてことを俺に訊いたんだな？」

「そういうことです」

「そうなれば、徹底的に捜索する必要があるな。また、海保に手伝ってもらおう」

「お願いします」

「何言ってるんだ。あんたも来るんだよ」

「私がですか？」

「言い出しっぺだろう。この間と同じところで船を待たせておく」

「わかりました。すぐに下りて行きます」

電話を切ると安積は須田に言った。

「水上安全課の船に乗る。おまえも来てくれ」

須田が即座にこたえた。

「了解しました」

それから、安積は村雨に言った。

「捜査一課の連中に相談している余裕はない。勝手に出かけるから、後のことは頼む」

「任せてください」

こういうときに、村雨以上に頼りになる男はいない。

安積と須田は、別館を出て栈橋に向かった。

「明日には、海保が『ロータス号』を曳航してどこかに入港させる手筈になっていたんだが……」

操舵室で正面を見つめる吉田が言った。安積がこたえた。

「もし、犯人が船内にいるとしたら、それまでおとなしくしていると思いますか？」

「思わないな」

須田が吉田に尋ねた。

「あれだけの船を一人で動かせるもんですか？」

「通常ならやらない。だが、動かすだけならなんとかなるかもしれない。機関出力を一定にしておいて、操舵に専念する」

安積は驚いた。

「船を動かす恐れがあるということですか？」

「ああいう連中は、逃げるためなら何でもするよ」

海保の巡視艇が見えてきた。水上安全課の係員が無線で巡視艇と連絡を取り合った。

『ロータス号』に乗り込む段取りを話し合っている。

そのとき、水上安全課の係員が声を上げた。

「『ロータス号』の機関に火が入っています」

吉田が言った。

「やはり船を動かす気だな」

それからの数十分は、安積にとっては地獄だった。胃袋がひっくり返るかと思った。

水上安全課の警備艇と海保の巡視艇が無線で連絡を取り合い、海上を走り回って『ロータス号』を停止させた。

別々の組織の船が互いに連携して、逃げようとする『ロータス号』の進路をふさいだのだ。まるで、サーカス、いや、海上の狂詩曲（ラプソディー）だ……。安積は、そんなことを思っていた。

それがあと五分続いたら安積はもどしていたかもしれない。

ブリッジにいた李伯了の身柄は、海上保安官と水上安全課の係員によって確保された。

やれやれと思っている安積に、海保の大友三正が言った。

「さあ、手錠をどうぞ」

「海保が身柄を持っていくんじゃないのですか？」

「殺人犯は、警察に引き渡すべきでしょう。もちろん、取り調べはさせていただけますね？」

「お約束します」

無線で連絡しておいたので、捜査一課の連中が別館の船着き場で待ち構えていた。李伯了の身柄を彼らに渡すと、安積はほっとした。

これで船から下りられる。

下船しようとした安積に、吉田が声をかけた。

「だいじょうぶか？」

「海の仕事は楽じゃないということが、よくわかりました」

「俺も、船酔いじゃ苦労したからな」

安積は驚いた。

「信じられませんね」

「俺は船に弱かったんだよ。だけど、そんなことは言っていられない。ゲロ吐きながら頑張ったんだ。気がついたらもう、他の部署に行く気なんてなくなっていた」

そうだろうと、安積は思った。

海以外の場所で働いている吉田が想像できなかった。誰もが人知れず苦労をしているのだ。

海は、時折牙を剝く。そして、吉田たちはそうした荒れた海で仕事をしてきたのだ。安積には想像もできない苦しみを味わってきたに違いない。

安積は、船を下りて振り返った。埠頭を波が洗っている。潮風が気持ちいい。

荒れたら地獄。それでもやはり、海はいい。職場が東京湾臨海署でよかった。

安積はそう思った。

# オブリガート

# 1

事件は、だいたい深夜に起きる。そして、事件が発覚するのは早朝が多い。

だから、刑事は、深夜や早朝に呼び出されることが多い。

警視庁本部にいる頃は、そうでもなかった。だが、所轄は事件となればすぐに飛び出していかなければならない。

その日も、相楽は、朝の五時に起こされた。

当番の捜査員からの電話だった。今日の当番は、強行犯第二係、通称「相楽班」だった。

お台場の海浜公園で、怪我をして倒れている若い男が見つかったという無線が流れたのだ。

警視庁本部の捜査一課時代も、夜中や早朝に現場に赴くことはあった。だが、それほど頻繁ではなかった。本部では、待機の時間がけっこう長い。

その間は、資料整理や書類仕事をしていることが多かった。刑事の仕事には、驚くほど多くの書類がついて回る。

相楽は、当番の捜査員に「すぐに行く」と伝えて電話を切った。

相楽は、マンションを出てタクシーを拾った。

独身の警察官は寮に住むことになっている。結婚すれば寮を出られるが、独身でも自分でマンションを買ったりして出ていく者が少なくない。

規則どおりに独身者全員を住まわせていたら、寮はパンクしてしまう。だから、住む場所については、それなりに融通が利くのだ。

相楽が寮を出たのは、警部補になったときだった。ローンを組んでマンションを買った。仕事に夢中で、気がついたら三十九歳の今も独身だった。

小さい頃から刑事になるのが夢だった。国内もの海外ものを問わず、刑事ドラマが大好きだった。

大学生になると、インターネットで、警察マニアのサイトの常連になった。警察のことがよく載っているマニア向けの雑誌も買った。

巡査拝命（じゅんさはいめい）のときから、ことあるごとに刑事志望であることをアピールしつづけた。その甲斐（かい）あって、三十歳になった年に、ようやく署長推薦をもらった。

研修を受け、翌年に所轄の刑事課に配属された。それが、相楽の刑事人生の第一歩だった。

相楽は、文字通りぼろぼろになるまで働いた。刑事の仕事は、それくらいに激務だった。勤務時間は不規則で、常に睡眠不足だった。

それでも相楽は、刑事を辞めようと思ったことは一度もなかった。まさに、刑事は天職だと思った。

がむしゃらに働いた。それが認められたのか、三十五歳のときに、警視庁本部の捜査一課に引っぱられた。捜査一課は刑事の花形だ。

相楽は、得意の絶頂だった。自分は選ばれた者なのだと信じていた。捜査一課では、さらにいろいろな事柄を学んだ。所轄では経験できない重要な事案も手がけた。

まさか、所轄に舞い戻るとは思っていなかった。

係長になったのだから、降格人事とは言えない。だが、相楽は、なんだか降格されたような気分になっていた。

東京湾臨海署の規模拡大に伴っての人事だった。署が新設されたり、規模が拡大するときには、本部の人員をもって管理職に当てることがある。今回はまさにそのケースだったのだが、どうして自分が所轄に出されるのか、しばらく納得できなかった。

今でも、捜査一課員が付ける「Ｓ１Ｓ」のバッジを付けていたかった。

一度捜査一課を経験すると、所轄の能力が低く思える。相楽は、そう感じていた。捜査本部ができて、捜査一課と所轄の捜査員が合同で捜査をする際、所轄はほとんど道案内と変わらない。相楽は、そう認識していた。

新しい部下たちに不満があるわけではない。だが、部下たちにどう思われているか、常に気にしていた。所轄から捜査一課に吸い上げられるのは誇らしいことだが、その逆は印象が悪い。

ともあれ、所轄にやってきたのは事実なのだから、あれこれ言っていても始まらない。再び、実績を上げて捜査一課に戻ればいい。相楽はそう思った。

東京湾臨海署の刑事課には、強行犯係が二つある。

相楽が率いる第二係と、安積剛志係長が率いる第一係だ。

第一係に安積がいてくれたことは、相楽にとって幸運だった。やる気が起きるからだ。

安積は、相楽にとって恰好の標的なのだ。

以前から、安積のことは知っていた。所轄の捜査員のくせに、常に自信たっぷりのところが妙に鼻についた。

所轄にも捜査能力の高い捜査員がいることは認める。しかし、彼らはいずれ本部に吸い上げられるべきだ。

ずっと所轄に残っている捜査員は、必然的に視野が狭くなると、相楽は考えていた。捜査には、広い視野が必要だ。

捜査一課では、多くのことを学び、結果的に捜査能力が上がる。捜査一課は、選ばれた者の集団なのだ。

相楽は、長い間、そう信じてきた。だから、捜査一課にこだわったのだ。

だから、周囲が安積のことを評価するのが不思議だった。捜査一課の先輩刑事までが、「臨海署に安積あり」などと言ったりする。

たしかに、安積は部下に慕われている。安積班は、東京湾臨海署がまだずいぶんと小規模だった頃からほとんど変わらない顔ぶれだったのだという。

結束が固く、係員たちは安積を信頼している。そして、多くの実績を残しているのも確かだ。

ならばどうして本部に引っぱられないのだろう。相楽は、そんなことを思っていた。

その安積が隣の係にいる。相楽は、安積班だけには負けまいと思っている。安積班より多くの実績を上げていれば、その結果、また相楽は警視庁本部に戻れるかもしれない。

所轄で一生を終わる気などない。相楽は、常に上を目指そうと思っていた。


電話を受けたときはまだ薄暗かったが、現着する頃には、すっかり明るくなっていた。

機動捜査隊と鑑識がすでにやってきていた。鑑識の作業が終わるまで、捜査員たちは待ちぼうけだ。

テレビドラマなどで、刑事が現場を見ているときに、鑑識が作業をしていることがあるが、本当は、ああいうことはあり得ない。

鑑識が、遺留品や足跡、指紋といった証拠を完全に保存し終わるまでは、捜査員は現場に入れないのだ。

やがて、鑑識のオーケーが出て、現場に入る。公園には木々が密に生い茂り、死角も多い。

怪我人は、木々の間にうつぶせに倒れていたという。

「発見者は?」

相楽は、第二係の荒川秀行主任を見つけて尋ねた。荒川は、五十一歳の巡査部長だ。半白で瘦せている。

「ジョギングに来た近所の住民です」

お台場にもマンションなどの共同住宅があり、人が住んでいる。相楽はそれを思うと、いつも少しばかり不思議な気分になる。

お台場は、遊びに来るところであって、住むところではないような気がするのだ。

「話を聞けるか？」

「自宅を訪ねれば、聞けると思いますよ。でも、すでに機捜が話を聞いているはずです」

相楽はうなずいた。

もし、荒川が若い刑事なら、小言を言っていたかもしれない。機捜が何を訊こうが関係ない。目撃者や発見者には直接話を聞く必要があるのだ。

殺人事件などでは、第一発見者をまず疑えというのが鉄則だ。今回は、殺人ではないが、被害者を発見した人物というのは重要だ。

五十一歳で巡査部長というのは、所轄では珍しくない。巡査部長で定年を迎える警察官も大勢いる。

出世には興味がなく、定年まで現場にこだわりたいという刑事がいることも事実だ。荒川は、そうした刑事の一人なのだ。

だが、相楽は、そういう姿勢を認めたくない。もし、優秀な刑事ならば、捜査の指揮を執る立場になり、その能力を活かすべきだ。

第一、自分より一回りも年上の部下なんて、やりにくくて仕方がない。

安積班の係員は全員、係長より年下だ。ベテランといわれている村雨も、相楽より年下なのだ。相楽班よりも、年齢のバランスは取れているように思える。

だが、うらやましいと思っても仕方がない。今いる人員を最大限に活用することが大切だ。荒川は、長年刑事をやっているので、その経験が役に立つことは少なくない。

鑑識の作業が終わり、現場を見ることになった。機動捜査隊とともに、現場を丁寧に見ていく。木立と木立の間の草むらに、血痕が見られた。

被害者は、ここに倒れていたようだ。

荒川がついてきて、背後から言う。

「草の倒れ具合から、引きずられてきたみたいですね」

相楽は、振り返らずにこたえる。

「そのようだな」

倒れている草の多くは、遊歩道の逆のほうを向いている。つまり、被害者は遊歩道側から引きずられたことを意味している。

「被害者のところには、誰か行っているのか？」

「日野が病院に行っています。まだ、連絡はありません」

日野は、三十歳の巡査だ。まだ、刑事になりたてだ。だから、普段は、荒川と組んで仕事をしている。

「様子を知らせるように言ってくれ」

「わかりました」

ふと振り向いて荒川を見ると、何か言いたげな顔をしていた。

「何だ？」

「いえ……」

「言いたいことがあったら、言ってくれ」

「日野のこと、係長はご存じですか？」

「日野がどうかしたのか？」

「噂をお聞きになっていませんか？」

「噂？　何の噂だ？」

「いえ、ご存じないのなら、それでいいんです。余計なことを申しました」

「おい、言いかけてやめるな。気になるじゃないか」

荒川が周囲を見回して言った。

「日野が、第一係の水野と噂になっているのです」

「水野と……？　どんな噂だ？」

「いや、私も詳しくは知りませんが、まあ、男と女のことですから……」

なぜか、不愉快になった。

「二人は付き合っているということか？」

「いや、まだ、そこまでは行っていないようなのですが……」

「なのに噂になっているのか？」

「こういう話は、すぐに広がりますからね……」

ばかな……。高校生じゃあるまいし……。

だが、荒川が言うことは事実だ。所轄にいると、いろいろなことがある。本部庁舎とは、やはり雰囲気が違う。よく言えばアットホーム、悪く言えばなあなあのところがある。

相楽は、強行犯第二係を、仕事に特化した集団にしたいと考えていた。それが、安積の一係と違うところだ。

個人的なことなど、無視しようか。それとも、日野から話を聞いておくべきだろうか。

相楽は迷った。

いずれにしろ、今はそんなことを考えているときではない。仕事に集中しなければならない。

相楽は、荒川にもう一度言った。

「日野に、被害者の様子を知らせるように言ってくれ」

「了解しました」

荒川は、そうこたえると、相楽から離れていった。

相楽は、機捜隊員を捕まえて尋ねた。

「発見者から話を聞いたのは誰だ？」

「自分です」

機捜隊員は、たいてい若い。若手刑事の登竜門(とうりゅうもん)でもあるのだ。各所轄から選抜され機捜隊員となり、経験を積んだ後に、さらに捜査一課の捜査員として選抜される。

「どんな様子だった？」

「発見者は、三十五歳男性。会社員です。早朝に公園でジョギングするのを日課にしているそうです」

そういう健康な生活は、自分には当分無理だと相楽は思った。所轄の刑事時代に、酒と煙草(タバコ)をやめた。でなければ、もたなかったと思う。それくらいに、刑事の生活は不健康なのだ。

機捜隊員の言葉が続いた。

「木と木の間から、脚が出ているのが見えたんだそうです。すぐに人が倒れているのだとわかり、携帯電話を使って一一〇番通報したということです」

「そのときは、すでに、あそこに倒れていたんだな？」

相楽は、草が倒れ、血痕があった場所を指さした。

機捜隊員はうなずいた。

「ええ、そうです」

「だが、明らかに運ばれた跡がある。傷害の現場は別な場所ということになるが、何か目撃情報は？」

「今のところ、目撃情報はありません」

「わかった。いつごろ引きあげる？」

機動捜査隊は、初動捜査専門だ。所轄や捜査一課に捜査を引き継ぐと、また別の事案にそなえて待機に入る。

「もうしばらく聞き込みを続けるように言われています」

「何かわかったら、知らせてくれ」

「はい」

機捜隊員と入れ替わりで、荒川が戻ってきた。

「被害者の意識が戻っているそうです」

相楽は、現場を見回してから言った。

「自分らは、そっちに行ってみよう」


被害者は、江東区有明にある救急病院に運ばれていた。

日野は、廊下のベンチに腰かけていたが、相楽を見るとすぐに立ち上がった。相楽は、尋ねた。

「意識が戻ったって？」

「はい」

「話は聞いたのか？」

「突然殴られたので、何もわからないと言っています。医者の話だと、金属バットのようなもので殴られたのだろうということです。頭部と肩などに数カ所の殴打の跡があるそうです」

「会ってみよう」

相楽は病室に入った。被害者は、若い男だ。相楽は枕元に立って言った。

「警視庁の相楽といいます。少しお話をうかがわせてください」

男は何も言わない。ぼんやりと相楽のほうを見ている。まだ、意識がはっきりしているとは言えない状態なのだろうか。

「名前と年齢、住所を教えていただけますか？」

日野が尋ねているはずだが、確認のため訊いておこうと思ったのだ。

「向井達朗、二十七歳。住所は江東区南砂二丁目……」

「職業は……？」

「バイトしてます」

「突然殴られたということですね？」

「はい」

「相手はどんなやつでしたか？　一人でしたか？　複数でしたか？」

「よくわからないんです……」

「なぜ、お台場にいらしたのですか？」

「買い物です」

「襲撃されたのは、何時頃だか覚えていますか？」

「わかりません。覚えてません」

相楽は、日野と荒川の顔を見た。それから廊下に出た。

荒川と日野も廊下に出て来た。相楽は言った。

「何かの理由で、話をしたくないみたいだな」

荒川が言う。

「犯罪歴(マエ)を洗ってみますか？」

「その必要がありそうだな」

相楽は、日野に、噂のことを尋ねようかと思った。しばらく考えて、今はやめておくことにした。

日野にも捜査に集中してもらいたい。

相楽は、署に向かうことにした。

## 2

「こいつの身柄を押さえているそうだな？」

午後三時頃のことだ。安積係長が相楽のもとにやってきて、一枚の写真を見せた。

写真を見て、相楽は驚いた。今朝発見された傷害の被害者、向井達朗の顔写真だ。

相楽は、安積に尋ねた。

「どうして、こっちの被害者の写真を持っているんです？」

「第一係で手がけている事案の被疑者の一人なんだ。窃盗、強盗・傷害、それに強姦の容疑がかかっている。俺と水野が担当している」

「なるほど……」

相楽は言った。「それで、話を聞いてもろくにこたえようとしなかったんですね……」

「話を聞いたのか？」

「聞きました。今、有明の救急病院にいます。警察に追われているのに、名前も住所もぺらぺらしゃべりましたよ」

「何と名乗った？」

「向井達朗。住所は、江東区南砂二丁目……」

「でたらめだ。本名は、立岡吾郎。こっちで把握している住所は、品川区大井二丁目だ」

相楽は舌打ちしたくなった。

「しかし、偽名を使ったってすぐにばれるじゃないですか。病院から出られないんだし……」

「見張りはついているのか？」

「いえ、こっちにとっては、ただの被害者ですからね。特に見張りはつけていません」

　安積は、すぐに一係の机の島のほうを振り向いて言った。

「至急、病院に急行しろ。立岡吾郎に見張りをつけるんだ」

　水野が即座に立ち上がるのが見えた。

「待ってください。勝手に見張りをつけるなんて……」

　安積が相楽の顔を見て言った。

「そっちにとっては被害者でも、こちらにとっては被疑者なんだ。相応の措置をとらせてもらう」

「窃盗、強盗・傷害に強姦と言いましたね？　詳しく説明を聞かせてください。こっちの事案を持って行かれてはたまらない」

　安積は、無表情だ。相楽は、いつもこのポーカーフェイスに苛立ってしまう。こちらが興奮する姿を、静かに眺めているのだ。すると、ますます興奮が募り、歯止めが利かなくなることもある。

　こちらを挑発しているのではないことはわかっている。だが、結果的に同じことになるのだ。

　安積が説明を始めた。

「立岡吾郎の件については、強行犯係だけではなく、暴力犯係や、生活安全課の一般防犯係も絡んでいる」

　どうやら、けっこうでかいヤマらしい。相楽たちは、知らずにそれに関わってしまったということだ。

安積の説明が続く。

「立岡吾郎は、集団で車上荒らしをやったり、強盗・傷害事件を起こしたりしている。四人から五人のグループだ。どうやら、お台場がお気に入りで、二台の車に分乗してやってきては、犯行を繰り返していた。ドラッグの売買にも関わっているようだ。メインは強盗だが、金品を盗むだけではなく、強姦に及ぶこともある」

ふと、相楽は疑問に思った。

「立岡は、自分らに本名を名乗りませんでした。自分らは偽名である向井達朗という人物を洗っていたわけですが、安積係長は、どうして向井が、立岡吾郎だとわかったのですか？」

「発見された場所だよ」

「場所……？」

「立岡が倒れていたのは、彼らが強姦するのによく使用していた場所だ」

相楽は驚いた。

「それだけのことで、気づいたのですか？」

「気づいたのは、俺じゃない。水野だ。ぴんと来たんだろう。そして、おたくの日野という捜査員に、人着を確認した」

「日野に……？」

「日野が写真を見せてくれて、立岡吾郎だと確認できたわけだ」

相楽は、考えてから言った。

「二つのことが気になります。一つは、立岡を襲撃した犯人のことです。明らかに複数の相手にやられています。立岡のことを追っかけていたのなら、襲撃犯の目星もついているのではないですか？」

「仕返しだろうと思う。立岡たちがドラッグを餌に強姦した被害者の一人が、別の非行グループとつながっていた。元マル走だ」

なるほど、それならば、犯人たちが立岡を襲撃した後に、あの場所に引きずっていった理由もわかる。つまり、女が被害にあった場所に立岡を放り出したわけだ。

安積が、手にしていた書類を差し出した。

「何です、これは？」

「その被害者の女性の資料だ。彼女と関係のある非行グループのリーダーの資料もある」

相楽は、驚いて言った。

「それをこちらに提供してくれるということですか？」

「そうだよ」

相楽は、なぜかむっとした。

「敵に塩を送るつもりですか」

「何を言ってるんだ。日野が情報を提供してくれたから、立岡の所在が確認できたんだ。

それに、立岡がやられた傷害事件は、そっちの事案だ。資料を提供するのは当然だろう」

安積が言っていることは正論だ。同じ警察署の同じ課なのだから、協力し合うのが当然だ。彼はそう言いたいのだ。

それはわかっているのだが、なぜか敗北感があった。

貴重な資料だ。つっぱねるわけにはいかない。ここで妙な意地を張るのは、係長として許されない。

相楽は、無言で資料を受け取った。

安積が尋ねた。

「もう一つは？」

「え……？」

「二つのことが気になると言っただろう。もう一つは何だ？」

相楽は、言おうかどうか迷った。これを逃したら、もう二度と話をするチャンスはないかもしれないと思った。

「実は、日野とおたくの水野のことなんです」

安積は、表情を変えない。

「水野……？」

「噂になっているそうです。自分はそういうのにうといので、今朝まで知りませんでした。ご存じでしたか？」

「ああ……」

安積は苦笑した。「噂は知っている。本庁の交通部所属なのに、なぜか臨海署中の話題に通じているやつがいてな……」

「日野が水野に情報提供をしたのは、そういう事情があったからでしょうか。それならば、少々問題だと思います」

「何が問題なんだ？」

「刑事同士ならば、それほど問題はないかもしれません。しかし、日野が惚れた相手が、もし新聞記者なんかだったら……」

安積は、かすかにほほえんだ。

「東報新聞の山口友紀子なんかだと、おおいにその可能性はあるな」

「万が一、新聞記者に捜査情報を洩らすようなことがあったら……」

安積は、溜め息をついて言った。

「そんな心配はない」

「どうしてそう言い切れるのです？」

「もっと部下を信頼したらどうだ？」

「よその係の刑事と噂を立てられるような部下を信じろと言うのですか？」

「むきになるほどのことじゃないだろう」

「別にむきにはなっていません」

「年上の女房も悪くない」

「何ですって?」

「日野と水野だ。水野のほうが、二歳年上のはずだ」

相楽は、何を言っていいかわからず、じっと安積の顔を見つめていた。安積が笑い出した。

「そんな顔をするな。冗談だよ。噂は一人歩きするものだ。その件については、水野に話を聞いた。彼女は、申し訳ないが結婚する気も付き合う気もないと言っていた。それについては、すでに日野と話がついているということだ」

「その言葉を信じるんですか？」

「もちろん、信じる。そして、日野のことも、信じる」

「なぜです？」

「日野は、水野に振られたってことだ。なのに、腐らず、意地悪をすることもなく、今回情報提供してくれたんだ」

納得するしかなかった。

そのとき、安積の携帯電話が振動した。安積が「失礼」と言って、電話に出た。

「水野か？　どうした」

安積の表情が厳しくなった。電話を切ると、彼は相楽に言った。

「立岡が病院から姿を消したそうだ」

しまった、と相楽は思った。

このまま逃げられたら、見張りをつけなかった第二係の責任が問われるかもしれない。

相楽は安積に言った。

「通信指令センターに連絡して、緊配(きんぱい)を要請します」

「電車や車両を利用している恐れもある。発生署配備ではなく、指定署配備にしてくれ」

発生署配備は、事案が発生した地域を所轄する警察署単独の配備、指定署配備はその周辺のいくつかの署を指定しての配備のことだ。

「わかってます」

「では、俺は病院で水野と合流する」

「第二係の荒川と日野も向かわせます。使ってください」

「助かる。じゃあな」

安積が刑事課をあとにした。

相楽は、通信指令センターに連絡するために、受話器を取った。

## 3

立岡吾郎の身柄確保の知らせが入ったのは、それから一時間ほど経(た)った頃だった。緊急配備が功を奏したのだ。

強行犯第一係が、立岡の身柄を臨海署に運んで来て、すぐに取り調べを始めた。

相楽班は、立岡の身柄を押さえたからといってほっとしているわけにはいかない。相楽班が抱えている傷害事案では、立岡は被害者なのだ。

彼を襲撃したグループを検挙しなければならない。

相楽は、係員を集めて、安積からもらった資料のコピーを配布した。

「立岡が加害者である事案と、被害者である事案とは別だ。俺たちは俺たちの仕事をする。いいな」

係員たちは、やる気まんまんで出かけて行った。

午後七時過ぎ、安積が戻ってきて相楽に告げた。

「立岡が全面的に自供した」

「そうですか」

わざわざ自慢しに来たわけじゃないだろうな。相楽はそんなことを考えていた。

安積が言った。

「どうした、次はあんたの番だろう」

「自分の番……？」

「立岡は、自分がやったことを自供したんだ。もう隠し事をする必要はない。今なら、あいつを襲撃したやつらのことをしゃべるだろう」

「自分が取り調べをしてもいいということですか？」

「当然だろう。そっちの事案は、まだ片づいていない。病院での事情聴取が充分だったわけではないのだろう」

「ええ、まあ……」

「早くしたほうがいい。まだ病院に送り返さなければならないような状態だ」

「わかりました」

　相楽はこたえた。「すぐに始めます」


　取調室で立岡と向かい合った。

　安積が言ったように、あまり具合がよくなさそうだ。病院で寝ていたほうがいいだろう。

　相楽は言った。

「俺に嘘の名前を言ったな?」

　立岡は何も言わない。だが、病院で会ったときのようなぼんやりとした眼差しではない。

「もう嘘はなしだ。おまえが捕まって、おまえを襲撃したやつらが捕まらないのは不公平だろう。そいつらのことを知っているのなら、話してくれ」

　立岡がちらりと相楽を見た。それでも何も言わない。

「勘違いするな。俺は、取り調べをしているわけじゃない。おまえを被害者として、事情聴取しているだけだ。おまえを襲ったやつらのことを話してくれれば、病院に戻してやる。怪我が辛いんだろう?」

立岡は、ふんと鼻で笑ってから話しはじめた。

「ドラッグの餌につられた女を輪姦したんだ。それが、面倒なやつと仲がよくてな……」

それから立岡は、彼が知っている限りのことを話すと言った。

その内容は、安積からもらった資料と矛盾していなかった。

相楽は、立ち上がって言った。

「協力を感謝する。病院でゆっくり休め。その後に起訴されることになるだろう」

立岡は、何も言わずに壁を見つめていた。

こういうやつらが更生することはあるのだろうか。

そんなことを思いながら、相楽は取調室を出た。


安積からもらった資料と立岡の証言を元に、首謀者を特定し、所在の確認を行った。非行グループのリーダーだ。そのグループの構成員も割り出した。

捕り物は、翌日の夜明けと同時だった。

非行グループを全員検挙した。

リーダーは、反抗的だったが、立岡のグループに襲われた女性のことを指摘すると、ようやくしゃべりはじめた。

昼近くのことだった。

第二係の傷害事案も、これで解決だった。

相楽は、ほっとしていた。

安積の力を借りたとはいえ、事案が片づくと、やはり達成感がある。いや、安積が言っていたように、日野が水野に情報を提供したから、向こうの事案も片づいたのだ。

お互い様だな。相楽は、そう思うことにした。

立岡が被疑者の事案と、被害者の事案。それらを、同一の事案として扱うか、あるいは別々の事案として扱うか……。それは、検察次第だ。

とにかく、刑事の仕事は果たした。相楽は気分がよかった。係員たちも少々浮かれ気味だ。

相楽は荒川を呼んだ。荒川は、不安気な表情で立ち上がり、近づいてきた。

「何でしょう?」

「送検のための書類で忙しいと思うが、ちょっと付き合ってくれ」

「はあ……」

相楽は、荒川を屋上に連れて行った。荒川は、説教でもされると思っているようだ。

相楽は言った。

「日野は、振られたらしい」

「は……?」

「第一係の水野だ。噂になっていると言っただろう」

「ああ、あの話……。へえ、日野は振られちまったんですか……」

「結論は出ているのに、噂だけが広まっている。まあ、人の噂も七十五日というが、日野は辛いだろう。力になってやってほしい」

荒川が、ぽかんとした顔で相楽を見ていた。相楽は、妙に照れくさくなった。

「なんだ、俺が何か妙なことを言ったか？」

「いや、そうじゃないんですが……」

「わかっている。俺が部下の私生活の話をするなんて思ってもいなかったんだろう？」

荒川がほほえんだ。

「いえ、そうじゃありません。係長ともなれば、いろいろと気苦労がおありでしょう」

「俺は、当面仕事のことしか考えられない。第一係に勝つためには、気を抜いていられないんだ」

相楽が言うと、荒川はうなずいた。

「係長、亀(かめ)の甲より年の功っていいましてね……。日野のことは任せてください。日野だけじゃない。係員たちの細かいフォローは私に任せて、係長はひたすら前へ突っ走ってください。私らだって第一係には負けたくないんです」

「係員たちの私生活とか、個人的な思いに気を使うのは苦手なんだ」

「だから、それは私のような者に任せてくれればいいんです」

相楽はうなずいた。

「先に行ってくれ。しばらく風に当たっていく」

「失礼します」

荒川が立ち去ってからも、相楽はしばらく東京湾を眺めていた。この警察署にやってきてずいぶん経つのに、海を眺めたのは初めてのような気がした。

おそらく本当に初めてだろう。

「ここ、悪くないだろう」

背後から声をかけられて振り向いた。安積だった。

「この警察署、海のすぐそばなんですよね。そんなことを考えたこともありませんでした」

「まあ、警察官なんてそんなもんだ」

相楽は、安積のほうを見て言った。

「今回は、そちらからの資料提供で、事案を片づけられました」

「こっちも同じことを思っているよ」

「安積係長なら、そうおっしゃると思っていました。それがなんだか、癪に障りますね」

安積は笑った。

「水野がな、日野のことを尋ねたとき、こんなことを言った。水野の理想の相手は、自分がオブリガートになれるかどうか、なんだそうだ」

「何ですか、オブリガートって……」

「俺も知らなかったんだが、音楽用語らしい。対旋律とか、副旋律とかいう意味らしい。

独奏とか、主旋律を引き立てるために、奏でられる旋律のことだそうだ」

「何のことかよくわからないんですが……」

「カウンターメロディーとも言うらしい」

「つまり、水野は、自分がサポートに回るような関係を望んでいるというわけですか？」

「ちょっと違う。相手を引き立てるために動きたくなるかどうか、ということだろう。その時々によって、どちらが主旋律になるかわからない。どちらがなってもいいんだ。そのとき、互いにぶつかるのではなく、どちらかが副旋律に回る」

「まあ、何となく、わかったような、わからないような……。男と女のことは、よくわからないんです」

「捜査もそうじゃないかと思う」

「はあ？」

「今回の第一係と第二係だ。互いに、片方が主旋律のとき、片方が副旋律の役割を果たした」

安積の言うことは理解できた。だが、やはりなぜか素直に聞き入れる気になれない。

「そんなことでは懐柔されませんよ。第二係は、第一係には負けません。これからも、精一杯競わせてもらいますよ」

安積はほほえんで言った。

「そうこなくっちゃな」

そして、悠々と歩き去った。

なぜだろう。

安積と話した後は、いつも敗北感が残る。勝ち負けの問題ではないのかもしれない。

だが、もうしばらくは勝ち負けにこだわらせてもらう。せっかく安積と競う絶好の機会を与えられたのだ。

相楽は、再び東京湾のほうに眼をやった。さっきよりも海が青く見えた。

驚くほど鮮やかな色彩と光だった。

# セレナーデ

# 1

「二係の日野(ひの)と付き合っているのか？」

須田(すだ)にそう尋ねられて、水野真帆(みずのまほ)は驚いた。

「誰から、そんなことを聞いたの？」

須田は、肩をすくめて言った。

「噂(うわさ)になってる」

「噂……？　どの程度の噂なの？」

「ええと……」

須田は、困ったような顔になった。だが、本当に困っているかどうかは疑問だった。

須田とは警察学校で同期だった。だから、彼のことはよく知っている。いつもおどおどしているように見えるが、実はなかなかの曲者(くせもの)なのだ。

「ねえ、誰からその話を聞いたの？　それがわかれば、どの程度噂が広まっているか想像がつくわ」

「ニュースソースは秘密なんだけどな……」

「記者みたいなこと、言わないで」

「そんなに睨(にら)むなよ。速水(はやみ)さんだよ」

水野は、天を仰いだ。

速水は、東京湾臨海署内を常に歩き回っている。本人は、パトロールだと言っている。そして、さまざまな噂を拾い上げ、それをまたあちらこちらに撒き散らす。

速水は交機隊の小隊長だ。つまり、東京湾臨海署の署員ではなく、本庁の所属なのだ。ベイエリア分署と呼ばれたひどく小さい警察署だった時代から、臨海署には交機隊の分駐所が同居している。

そういうわけで、速水は我が物顔で、署内をパトロールして歩くわけだ。

須田が速水から噂話を聞いたということは、署内のほとんどの人が知っていると思わなければならない。

それは絶望的な状況だった。

「はっきりお断りしたのよ」

「何だって……？」

「付き合ってくれないかと言われたけど、その気はないと断ったの。事実は、それだけ」

須田は、目をぱちくりさせた。驚いている様子だ。だが、この反応も百パーセント信じるわけにはいかない。

実際、須田が何を考えているかはわからないのだ。一つだけ言えるのは、まわりの者が想像するより、ずっと深く物事を考えているということだ。

「じゃあ、日野は振られたというわけか？」

「今は、職場でそういうことを考えられないというだけよ」

「ふうん」

「何よ、その、ふうん、ていうのは」

「いや、もてるのもたいへんだな、と思ってね」

「もててなんかいないわよ」

「おまえ、昔からずいぶんもててたんだぞ」

「今は、そんな話をしているときじゃないでしょう」

水野は、つまらない話を終わりにしたかった。

午後九時過ぎ。傷害事件が起きた。

現場は、巨大な複合商業施設内だ。被害者は、二十五歳の女性。氏名は、沢口麻衣（さわぐちまい）。職業は飲食店のアルバイト店員だという。

フードコートで、友人三人と食事をしていて、帰り際トイレに行き、出てきたところを刃物で切りつけられたという。

すでに、地域係と機動捜査隊（きどうそうさたい）が臨場（りんじょう）しており、水野は現場に駆けつけたばかりだった。

そこで、先に来ていた須田に声をかけられたのだ。

現場であんな話をするのは、まったく須田らしくなかった。須田は、読み過ぎるくらいに空気を読む男だ。

須田が言った。

「被害者は、病院に運ばれたが、軽傷だということだ」

じきに、安積班の面々が顔をそろえた。安積が水野に言った。

「病院に行って被害者から話を聞いてくれないか」

「わかりました」

「黒木といっしょに行ってくれ」

黒木が無言でうなずいた。彼は、いつもは須田と組んでいる。水野は、ほっとした。無口な彼なら、噂についてあれこれ尋ねるようなことはしないだろうと思ったのだ。

被害者は、有明にある救急病院に運ばれていた。二人は、ゆりかもめで有明に向かった。電車に乗り込むと、珍しく黒木のほうから話しかけてきた。

「あの……」

「何？」

「噂は本当なんですか？」

水野は溜め息をついた。

被害者の沢口麻衣は、比較的落ち着いていた。刃物による傷が右の前腕と首にあるが、いずれも軽傷だということだ。

右腕の傷は防御創だろう。犯人は首を狙ったに違いない。急所を狙ったとすれば、傷害だけでなく、殺人未遂も視野に入れなければならないと、水野は思った。

手当てが終わるのを待ち、処置室で話を聞くことにした。手帳を提示し、名乗ってから沢口麻衣に尋ねた。

「食事の帰り際を襲われたんでしたね？」

「ええ、お手洗いに行って、出てきたところを、いきなり……」

緊張が高まるのがわかった。その瞬間を思い出したに違いない。

こういうときは、できるだけ事務的に質問したほうがいい。

「相手の人相風体（にんそうふうてい）を見ましたか？」

「黒っぽい服を着ていたと思います。キャップをかぶってマスクをしていたので、人相はわかりません」

「年齢はどれくらいでしたか？」

「一瞬のことなので、はっきりしません。切りつけられたことしか覚えていないんです」

「相手は、切りつけて、そのまま逃げたんですね？」

「はい。おそらく、私が大声を上げたので、それで逃げたんだと思います」

「犯人に、心当たりはありませんか？」

沢口麻衣は、ふと押し黙った。

水野は黒木と顔を見合った。

「何か思い当たることがあるんですね？」

「きっと、犯人はあいつです」

「あいつ……？」

それから、しばらく沢口麻衣は、迷っている様子だった。話すべきかどうか考えているのだろう。

水野は言った。

「どんなことでも、捜査の参考になるので、気になることがあるのなら、話してください」

「私、ストーカーされてたんです」

「ストーカーですか？　相手はどんな人物ですか？」

「バイト先で知り合った人です。メールアドレスを教えたら、毎日のようにメールが来るし、電話の着信もあるんです。はっきりしないけど、あとをつけられたこともあると思います」

「はっきりしない、というのは、どういうことですか？」

「近所に住む友達が、見かけたことがあると言っていたので……。ちょうど私が部屋に帰る時間のことです」

「その人物の名前や年齢を教えてもらえますか？」

「窪田昭雄。年齢は、三十七歳だと思います。私とちょうど一回り違うと言ってましたから……」

「クボタアキオはどんな字を書くのですか？」

「ええと……。荻窪（おぎくぼ）の窪に田んぼの田です。昭雄は、昭和の昭という字に、雄雌の雄」

「職業は？」

「私がバイトをしているお店の従業員です」

「飲食店でしたね？」

「ええ、西麻布にあるイタリアンレストランです」

水野は店名を確認した。

黒木は、さきほどから黙々とメモを取りつづけている。おそらく須田といっしょのときもこうなのだろうと、水野は思った。

黒木は、水野と日野の噂を須田から聞いたと言っていた。日野とは何もなかったし、今後も何もない。それを、この後、何人に説明しなければならないのだろう……。

そんなことを考えている自分に、はっとした。今は、捜査に集中しなければならない。

「窪田昭雄の住所や連絡先はわかりますか？」

沢口麻衣は、携帯電話を取り出し、相手の番号を確認して教えてくれた。

「そのほかに気づいたことはありますか？」

「本当に、びっくりしたし、もう、怖くて、何も覚えていないんです」

彼女は、服についた血痕（けっこん）を見ていた。

水野は言った。

「だいじょうぶ。もう心配することはないですよ」

「窪田を捕まえてください。でないと、私、安心できません。また狙われるかもしれない」

「あとは警察に任せてください」

「ストーカー殺人が後を絶たないじゃないですか。本当に、私は安全なんですか？」

「安全です。信じてください」

水野は、はっきりとした口調で言った。


安積係長に連絡を取ったら、署に戻れということだった。黒木と二人で署に戻り、沢口麻衣から聞いた内容を報告した。

「ストーカーか……」

安積がつぶやいた。それを受けて、村雨（むらさめ）が言った。

「すぐに手配しましょう。携帯電話の番号がわかっているのですね？　事業者に住所を確認して、身柄を押さえましょう」

「よし、住所が確認でき次第、手配しよう」

水野は、ちょっと慌てた。

「待ってください。窪田昭雄が犯人と決まったわけではないんです」

村雨が言った。

「だが、重要参考人だ。できれば、早いうちに身柄を引っぱりたい」

「他に、参考人や重要参考人はいないのですか？」

その質問にこたえたのは、安積だった。

「事件の通報を受けて、通信指令センターは、緊配を敷いた。だが、結局、犯人の身柄を確保することはできなかった。特に手がかりもなしだ」

須田が補足して言う。

「ほら、お台場って、人が流動する街だろう。目撃情報が少ないんだ。商業施設なんかだと、何か見たとしても、そこから人が移動してしまう。今後、広範囲から目撃情報を集めることになる。同時に、防犯カメラの映像を分析して犯人の足取りを追うことになるけど、そういう捜査には時間がかかる。そのストーカーの線が当たりなら、短時間で解決ということもあり得るだろう」

すでに、桜井が携帯電話事業者と連絡を取って、窪田昭雄の住所を確認している。

安積が水野に尋ねた。

「沢口麻衣の供述を信じていないのか？」

「彼女は、犯人の人相を覚えていないんです。キャップをかぶってマスクをしていたので、顔はわからなかったと言っていました。つまり、襲撃犯が窪田昭雄だという証拠は何もないんです」

須田が言う。

「彼が犯人ではないということを、確認するためにも会いに行かなくちゃ」

「もちろん、そうよ」

水野は須田に言った。「私は、先入観は禁物だと言っているだけ」

その時、桜井が言った。

「住所の確認が取れました。中野区東中野三丁目のマンションです」

安積が言った。

「村雨と桜井で行ってくれ」

二人は、即座に出て行った。すでに午後十一時になろうとしている。だが、刑事はそんなことは気にしない。

村雨と桜井がいなくなると、安積が水野に言った。

「被害者の言動が引っかかるのか？」

そう言われて、水野はしばらく考えなければならなかった。

「彼女が言った一言が、ひっかかっているんです」

「一言……？」

「窪田を捕まえてください。でないと、私、安心できません……。彼女は、そう言ったのです」

「それが、何か……？」

「いえ、理屈ではないんです。その一言がなぜか不自然に思えるんです」

安積が言った。

「須田、防犯カメラの解析を急がせてくれ。窪田の他に、沢口麻衣の供述と一致する人物がいないかどうか、確認するんだ」

「了解しました」

三十分ほど経って、村雨から連絡が来た。窪田は自宅にいないという。両隣の部屋の住人に尋ねたところ、今日は姿を見かけていないということだった。

安積が、足取りを追うように指示をした。

## 2

結局、窪田昭雄の足取りはつかめなかった。

翌朝、須田が報告した。

「施設内の防犯カメラに、沢口麻衣の供述に一致する服装の人物が映っていました。これがその静止画像です」

写真が配られた。須田は、すでに各係員のパソコンと携帯電話にメールで画像を送っていたが、こうしてプリントアウトも用意する。

やはり気配りの人なのだと、水野は思った。

「この写真が窪田昭雄かどうかを確認してくれ」

安積が言い、村雨・桜井組が、再び窪田の住むマンションに向かった。

須田・黒木組と、安積・水野組は、手分けして現場付近の聞き込みに回った。

昼近くになって、安積の携帯電話に村雨から着信があった。安積は、報告を聞き終え、電話を切ると水野に言った。

「防犯カメラの人物が、窪田昭雄だと確認された」

水野は言った。

「やはり、沢口麻衣の供述通り、窪田昭雄が犯人だったのでしょうか……」

「防犯カメラの映像は、それを裏付けているように思える」

「そうですね……」

「だがな、結論を出すのはまだ早い」

「え……。でも、他に容疑者がいなくて、被害者の供述があり、それを裏付ける映像が見つかったということは……」

「捜査は、表層だけを見てはいけない。おまえは鑑識の経験があるから、それをよく知っているはずだ。俺は、防犯カメラの映像などより、重要なものがあると思っている」

「重要なもの？」

「おまえが沢口麻衣の供述を不自然だと思ったことだ」

「でも……」

水野は驚いて言った。「私自身、確信があるわけじゃないんです。根拠もありません」

「刑事が違和感を抱いたときは、必ず何かある。俺はそう思っている」

つまり、水野の直感を信じてくれるということだ。そう言ってもらえるのは、嬉しかった。いや、嬉しいというより、感動していた。

やはり、安積係長は、普通の上司とはちょっと違う。

同時に、責任重大だと思った。何の根拠もない水野の言葉を、安積は信じてくれている。その信頼を裏切る結果にならなければいいが……。

「ところで、水野……」

安積が言った。

「はい……」

「強行犯第二係の日野のことだが……」

安積までがそんなことを言い出したので、水野はまた驚いてしまった。

「その話は、以前、係長にしましたよね？」

「ああ、聞いている。交際を申し込まれたけど、きっぱりと断ったということだったな」

「そうです」

「じゃあ、もう終わった話なんだ」

「そういうことです。結論は出ています」

「だが、どうやら噂が広まっているらしい。結論が出た後になって、広まったようだな」

「速水さんが広めているんじゃないかと思います」

安積の表情が曇った。

「須田君も、その話を速水さんから聞いたと言ってました。署内パトロールで言いふらしているんじゃないでしょうか」

「あいつに何か訊かれたのか？」

「何かって、日野さんのことについて、ですか？」

「そうだ」

「いいえ、何も訊かれていません」

「速水はたしかに好奇心旺盛でおせっかいなやつだ。だが、事実の確認をしないで、あることないこと言いふらしたりはしない」

安積と速水は同期だ。それだけではなく、個人的にも親しいようだ。だから、評価が甘くなるのではないか。

水野は、そんなことを思ったが、何も言わずにおくことにした。安積の機嫌を損ねるようなことを、わざわざ発言する必要はない。

「そうかもしれませんが……」

「一度、速水に確認してみるといい」

「わかりました。でも、今は窪田昭雄のことを考えるべきだと思います」

「仕事はもちろん大切だ」

安積が言った。「だが、仕事をするための環境を整えておくことも重要だ。署内で面倒な問題があるなら、片づけておくべきだ」

「係長は、仕事を何よりも優先するというお考えかと思っていました」

「仕事は優先する。だが、俺たちは素人探偵じゃない」

「どういうことですか？」

「捜査は我々にとって日常だ。事件は次々に起きる。捜査をやりながら、日常の他の問題も片づけていかなければならない。今回の事件が終わってから、なんて思っていたら、いつまで経っても問題を解決できないことになる」

仕事をするための環境を整えておくというのは、たしかに重要だろう。水野は、早く東京湾臨海署に溶け込むために、とにかく仕事に集中すべきだと考えていた。

余裕がなかったのかもしれない。安積の考えは、そんな水野よりも数段上を行っているように思えた。

「わかりました。機会があれば、速水さんと話をしてみます」

安積はうなずいた。

「今だから言うが、おまえは安積班にとって異分子だった。他の係員たちは、みな付き合いが長い。そこに配属されてきたんだから、なかなかたいへんだったろう。肩肘を張らなければやっていられなかったと思う。だが、今はもう違う。おまえは、もう異分子なんかじゃない。立派な安積班の一員だ。だから、好きなときに好きなことを言っていいんだ」

不意打ちを食らったような気がした。涙腺を刺激される。だが、こんなところで涙を見せるわけにはいかない。

　水野はきっと顔を上げてこたえた。

「ありがとうございます。これからも、ご期待にそえるように頑張ります」

　安積はほほえんだ。

「安心しろ。そんなに期待などしていないから」

「え……？」

「俺は部下に期待はしない。ただ、信じるだけだ」


　夕方の四時過ぎに、村雨から、窪田昭雄の身柄を確保したという知らせが、安積係長のもとに入った。

「身柄を署に運ぶそうだ」

　安積が水野に言った。「俺たちも署に戻ろう」

　水野たちが到着したときには、すでに須田・黒木組も署に戻って来ていた。

　須田が安積に言った。

「今、取調室です。村チョウが事情を聞いています」

　安積がうなずいた。

「じゃあ、村雨に任せよう」

　水野は、安積に言った。

「沢口麻衣に連絡していいですか？　被疑者が確保されたって……」

安積は、ちょっと考えてから言った。

「そうだな。できれば、電話ではなく、会って伝えてくれないか」

水野は、即座に安積の意図を理解した。

窪田昭雄の身柄確保の知らせを聞いて、沢口麻衣がどんな反応を示すか観察してこい、ということだ。

「行ってきます」

水野は、沢口麻衣の自宅を目指した。


「そうですか。窪田が逮捕されたんですね？」

水野は、否定も肯定もしなかった。

「身柄は押さえました」

村雨と桜井がどういう状況で窪田を署に連れてきたか、詳しく聞いていないのだ。任意同行かもしれない。

「ほっとしました」

沢口麻衣が笑みを浮かべた。

これは、安堵（あんど）のほほえみだろうか。

水野は考えた。

いや、何か別の意味がありそうな気がした。底意地の悪さを感じるのは、最初から疑いの眼(め)で見ているからかもしれない。

私は、先入観を持って観察しているのだろうか……。

冷静に自分自身をチェックしてみた。その結果、自分の判断は正しいという結論に達した。

沢口麻衣の笑いは、ちょうど、いたずらを計画していて、それがうまくいったときの子供のような表情だった。

水野はそう感じた。

「傷はいかがですか?」

右の前腕と首に、まだ包帯を巻いている。

「刃物の傷そのものは、たいしたことはないんですけど、襲われたときの恐怖が忘れられません」

「わかります。カウンセリングを受けられたほうがいいかもしれませんん」

「ええ、考えてみます」

「申し訳ないのですが、襲われたときのことを確認しなければなりませんので……」

水野は言った。「犯人は、どんな刃物を持っていたのですか?」

「それ、もう何度もお話ししましたよ」

「すみません。もう一度確認したいのです」

「大型のカッターナイフみたいなものでした」

「どういうふうに襲撃してきたのですか?」

「いきなり切りつけてきたんです。それも、何度も……」

「それで、あなたはどうされたのですか?」

「後ずさりながら、大声で叫びました」

「右腕の傷は、首や顔をかばおうとしたときにできたのですね?」

「そうです。思わず両手で顔を防いだんです」

「両手で……」

「はい」

「間違いないですね?」

「誰でもそうするでしょう?」

水野はうなずいて言った。

「嫌なことを思い出させてすいません。では、私はこれで……」

「わざわざ知らせに来てくださって、ありがとうございます」


水野が署に戻ったとき、村雨の事情聴取はまだ続いていた。ほとんど取り調べと言ってもいいだろう。村雨は、窪田に自白を迫っているに違いない。

水野は、安積係長に、沢口麻衣の反応を詳しく説明した。須田と黒木もその話を聞いていた。

　安積が言った。

「いたずらに成功した子供のような笑い……。おまえは、そう感じたのか」

「はい」

　安積が考え込んだ。

　そこに村雨と桜井が戻って来た。安積が村雨に尋ねた。

「どんな様子だ？」

「一貫して否認しています。自分は沢口麻衣を襲撃などしていない、と……」

　須田が言った。

「でも、防犯カメラに映っていたんだ」

「あのビルに行ったことは認めている。沢口麻衣がそこにいることを知っていて、一目会いに行ったと言っている」

　安積が尋ねた。

「会いに行った？」

「ええ、電話をしても出ないし、メールをしても返事がないので、直接話をしようと思ったそうです」

「二人は付き合っていたのか？」

「いえ、一方的な思いだったようです」

須田が言った。

「ストーカーってこと？」

「その判断は難しいな」

村雨が言った。「ストーカー行為については、あくまでも被害者がどう思うかにかかっているわけだが……」

水野は言った。

「沢口麻衣の供述には、事実と一致しない点があるように思えるのですが……」

村雨が水野に尋ねた。

「事実と一致しない点？　何のことだ？」

「まず、犯人はキャップをかぶってマスクをしていたと言っていますが、防犯カメラで確認された窪田は、キャップもマスクも着けていませんでした」

「捨てたんじゃないんですか？」

桜井が言った。水野はこたえた。

「現場の近くで、わざわざキャップやマスクを捨てる理由がわからない。それに、捨てたのなら、現場付近でキャップやマスクが見つかるはずよ」

「たしかに、そういうものは見つかっていませんね……」

水野は話を続けた。

「彼女は、首と右前腕部に刃物による切創がありました。彼女は、犯人が切りつけてきたので、咄嗟に両手で顔面などをかばったと言っています。両手で顔面を防御したのに、右腕と首に傷がついているのって、不自然じゃないですか？　両手で防いだのなら当然、左腕にも切創があるはずです」

　村雨が言った。

「そうとも言い切れないだろう」

「犯人は、何度も切りつけてきたと言ってるんです。左腕に傷がないのは、やはり不自然でしょう」

　村雨が尋ねた。

「いったい、何が言いたいんだ？」

「沢口麻衣の供述と、窪田昭雄の供述の、どちらが事実と一致しているのか……。私は、窪田のほうではないかと考えています」

　村雨が眉をひそめる。

「どういうことだ？」

「窪田は、沢口麻衣と話をしたくて、あのビルに行った……。それを知っていた沢口麻衣は、窪田を困らせるために犯罪者に仕立てようとした。つまり、襲撃されたというのが、沢口麻衣の狂言だったとしたら、防犯カメラに映っている窪田がキャップもマスクも着けていないことも、彼女の右腕にしか防御創がなかったことも説明が付きます」

　須田が安積に言った。

「俺、水野が言ったこと、納得できますね」

安積が言った。

「鍵は凶器だな。凶器がどこで見つかるかで、真相がわかると思う」

村雨が気がかりな様子で言う。

「窪田は参考人で、沢口麻衣は被害者です。家宅捜索・差押の令状を取れますかね」

「必要なのだと、判事に納得してもらうしかない。俺が口頭で説明しに行ってもいい」

実際、令状の発付を待っていると、呼ばれて口頭で質問を受けることがある。

「了解しました」

村雨が言う。「とにかく、令状を請求してみましょう」

「沢口麻衣から眼を離したくない。須田と黒木は、彼女の自宅を張り込んでくれ」

「了解しました」

須田がこたえる。

いつものように、二人が出かけていく。須田が出入り口に向かって歩いて行く。黒木は、それを追い越さないように、注意しているように見える。

レーシングカーが、低速で走っているような印象がある。

村雨は安積に尋ねた。

「窪田のほうは、どうしますか？」

「引き続き事情を聞いてくれ。ただし、落とすためじゃない。事実を確認するためだ」

村雨がうなずいた。

「わかっています。窪田は濡れ衣を着せられた恐れがあるということですね。その方針で行きます」

「頼む」

村雨と桜井は、再び取調室に向かった。

安積と水野は、捜索差押令状の請求書と疎明資料作りを始めた。請求書は、決まった書式がパソコンの中に入っているので、すぐに書き上がる。

問題は、疎明資料だ。判事や判事補に令状の必要性を納得させなければならない。

水野は、経緯を細かく説明した上で、沢口麻衣の供述の矛盾点を列記していった。防犯カメラが捉えた窪田昭雄の姿も添付した。

二人は、裁判所に向かい、令状が発付されるまでじっと待ち続けた。

「日が暮れたな……」

安積が言った。「家宅捜索は、日の出を待たなければならない」

「須田君たちと、張り込みを交代する必要がありますね」

「それも、令状が発付されてからの話だな」

「はい」

窪田は、帰宅させるのだろうか。

被疑者でもないのに、留置場に泊めるのは問題だし、朝まで取り調べを続けるのは、もっと問題だ。

まあ、私が心配しても仕方がないと、水野は思った。そういうことは、村雨に任せておけば間違いはない。

結局、令状が下りたのは午後八時過ぎだった。安積は、まず村雨に連絡を取り、夜明けと同時に家宅捜索を開始すると告げた。須田にも同様に伝える。

村雨、桜井、そして安積が窪田の部屋を、そして、須田、黒木、水野が、沢口麻衣の部屋を担当する。

安積と水野は、須田・黒木組と張り込みを交代した。四時間ごとに交代することにした。安積と水野は午後九時頃に張り込みを始めたので、午前一時頃に、再び須田と黒木がやってくるということだ。

須田と黒木は張り込みを続け、水野と合流して夜明けを待ち、そのまま家宅捜索を開始するという段取りだ。

車に乗り込み、張り込みを始めるとすぐに、水野は言った。

「すでに刃物を処分していたらどうしましょう……」

安積がこたえた。

「そうでないことを祈るしかない。だが、おそらく処分などしていないだろうと思う。もし、水野の言うとおり、窪田を犯人に仕立て上げるための狂言だったとしたら、彼女はそれがうまくいったと思っているはずだ。自分に警察の手が伸びるなんて、思ってもいないはずだ」

なるほど、と水野は思った。

「それに、ナイフを処分するとしたら、自宅の外に持ち出さないと意味がない。そんなそぶりがあったら、須田と黒木が見逃すはずがない」

「そうですね」

水野はこたえた。

とにかく、夜明けを待つしかない。沢口麻衣と窪田昭雄の自宅を捜索すれば、すべては明らかになるだろう。

段取りのとおりに、二カ所の家宅捜索が同時に行われた。

その結果、窪田昭雄の自宅からは、沢口麻衣が供述したような刃物は見つからなかった。

一方、沢口麻衣の自宅から、大型のカッターナイフが見つかった。それを鑑識に送ったところ、ルミノール反応、つまり、血液が付着しているという反応が出た。

それは、水野の推論の裏付けとなる物証だった。

夜明けに部屋を訪ねたところ、沢口麻衣は、怒りを露わにした。自分がこんな扱いを受ける理由は何もないと、激しく抗議した。

だが、カッターナイフが見つかると、彼女の態度は一変した。その顔から血の気が失せていった。

ひどく動揺しているのは明らかだった。これは、すぐに落ちる。水野はそう予想した。

そして、その予想どおり、沢口麻衣は、午前中に自白した。

以前から、窪田に言い寄られており、それをうっとうしく思っていた。そのしつこさに腹を立てていた。

なんとか、窪田を痛い目に遭わせてやりたいと思った。それで、バイトの仲間を通じて、自分たちが何人かで、お台場の商業施設に買い物と食事に出かけるという話が窪田の耳に入るように画策した。

当日は、バッグの中に大型のカッターナイフを忍ばせていた。そして、一人トイレに立つと、案の定、窪田が現れた。沢口麻衣は、トイレに入り、自らカッターナイフで浅い傷をつけた。

右腕と首筋だ。左手でナイフを持って自傷したため、左腕には傷がつかなかったのだ。ちなみに、彼女は左利きだった。

大声を上げながらトイレから出ると、窪田は慌てて逃げ出した。

それで、窪田を傷害犯に仕立て上げることができたと、彼女は考えたのだ。

「男女の仲はうまくいきませんね。思いが募ると、前後を忘れてしまう。止むに止まれぬ衝動を、ストーキングだと言われてしまう。窪田は悪い相手に惚れたと言うしかないですね」

須田が言ったその言葉が、妙に水野の心に残った。

「よう、狂言傷害事件でお手柄だったんだって？」

速水に声をかけられ、水野はいい機会だと思った。

「ちょっと、屋上に付き合ってください」

「喜んでお供するよ」

屋上に出ると、水野は言った。

「日野さんと私のこと、署内で話して歩いていますね？」

速水は、余裕の表情だ。

「日野とおまえさんのこと？　何かあったのか？」

「しらばっくれないでください。須田君が、速水さんから聞いたと言ってました」

「俺は、ただこう言っただけだ。日野と水野は、その後、どうなったんだ……。須田が余計な気を回したんだろう」

「噂が広まっているんです」

「それが、俺のせいだと思っているのか？　そいつは心外だな。俺は、須田にしか話をしていない。須田以外に、誰か俺から話を聞いたというやつがいるのか？」

そう訊かれて、言葉に詰まった。

たしかに、速水から話を聞いたと言ったのは、須田一人だけだ。黒木は、須田から話を聞いたと言っていたのだ。

水野は、素直にこたえることにした。

「いえ、須田君一人だけです」

速水は、にっと笑った。

「それで、その後、日野とはどうなんだ?」

「そんなこと、言いたくありません」

「俺は、利用価値があるぜ。噂が一人歩きしているんだとしたら、俺は本当のことをみんなに知らせて歩く」

水野はしばらく考えてから言った。

「付き合ってくれと言われたのは事実です。でも、きっぱりとお断りしました。それで一件落着です。後腐れもありません」

「断ったのか?」

「今は、仕事のことだけを考えたいんです」

「その話を安積にしたのか?」

「お断りしたことですか?　ええ、しました」

「安積は何と言った?」

「そうか、とだけ……」

「そっけなかったか?」

「ええ、ずいぶんと……」

速水は、満足げに笑みを浮かべて言った。

「おまえさんも、今では立派な安積班の一員というわけだ」

「なぜです？」

「信頼しているから、そっけなくできる。そうは思わないか？」

水野はうなずいた。

「そうかもしれませんね。それで、噂のほうはどうなるんです？」

「安心して俺に任せておけ」

「話に尾ひれはつけないでくださいね」

「それくらいは大目に見ろよ。じゃあな。こんなところで二人きりでいると、俺とおまえさんが噂になりかねない」

「それはないですね」

「おまえさんも、そっけないな。安積譲りだ」

速水が去って行った。水野は、海のほうを向いた。

速水に任せておけば安心だ。心からそう思った。話にどんな尾ひれがつくかわからないが、それくらいは我慢しようと思った。

いや、どんな尾ひれがつくのか、本当は楽しみですらあった。

そっけなさは、安積譲り。

その速水の一言が、なんだか嬉しかった。

# コーダ

# 1

午後十時頃に、通信指令センターからの無線が流れた。

青海一丁目で、傷害事件が起きたという。東京湾臨海署管内だ。

その夜当番の黒木和也は、無線で聞いた発生現場の番地をメモしながら、そのあたりの地理を頭の中に描いていた。

大観覧車のすぐ近くの公園だ。

黒木は、規定どおりまず係長の安積に連絡をした。安積は、すぐに電話に出た。

「黒木か。どうした？」

「青海一丁目で傷害事件です」

黒木は、現場の所在地を詳しく説明した。

「わかった。すぐに向かう」

続いて、村雨、須田、水野、桜井の順に連絡をした。

連絡を終えると、黒木はすぐに現場に向かった。

捜査車両を使えれば楽なのだが、数が限られている。

刑事は、これだけ自動車が普及した世の中でも、公共の交通手段を利用して、歩き回るのが基本だ。

夜のお台場は、おおむね閑散としている。昼間と夜間の人口の差が大きい。だが、一部の地域は別だ。

娯楽施設には、深夜あるいは朝まで若者の姿が絶えない。

今回の事件も、そうした娯楽施設のすぐそばで起きた。若者同士の争い事ではないかと、黒木は予想した。

遊びにやってきた若者たちのグループが羽目を外して喧嘩になることは珍しくはない。深夜まで開いている遊興施設などができると、必ずたちの悪い若者が集まってくる。

腐臭に集まる蠅やゴキブリのようなものだ。

彼らは、健全なものを嫌う。自堕落なことが何より好きで、規則正しい生活などには耐えられない。

地道な努力の先にある達成感などには縁がなく、その日その日を享楽的に過ごすことを第一と考えているのだ。

そんな生活に本当の満足感などあるはずもなく、だからこそ彼らはいつも不満を胸に抱いている。

そして、その不満を他人や社会のせいにするのだ。

そんなことは誰にも言ったことはないが、黒木はいつもそう考えていた。

それは偏った考えかもしれないと思うこともある。だが、彼らの生き方と黒木の生き方はまるで正反対だ。彼らを理解しろと言われても無理なのだ。

黒木は、子供の頃、一流のスポーツ選手になることを夢見ていた。小学生の頃から足が速く、運動会ではいつも一等賞をもらっていた。

中学生になると陸上部に入り、さまざまな大会で入賞した。さらに、高校時代にはインターハイに出場したこともある。

体育大学に進んだが、将来陸上競技で生活していくことなどできないと考え、警察官を志望した。

警察学校で初めて術科（じゅつか）を経験した。武道などまったく経験がなかったが、なかなかの成績を修めた。

自分では、地道な訓練の賜物（たまもの）だと思っている。運動の練習というのは辛（つら）いものだ。だが、それに耐えて結果を出したときの喜びは計り知れない。

黒木は、小さい頃からそれが習慣になっていた。だから、術科の練習でも、こつこつと基本を繰り返し、着実に技術をものにしていった。

それを支えたのは、中学生の頃から培った基礎体力と持ち前の運動能力、そして、ひたむきにトレーニングを積む習慣だった。

そうした習慣が警察学校の雰囲気にも合致した。

何よりも規律を重んじる世界だ。それが黒木には水が合ったのだ。

そんな黒木に、遊びと悪事にしか興味がない若者のことを理解しろと言われても無理だ。

自分は偏屈なやつだと、自覚している。だが、それが自分なのだ。今さら変えようとは思わない。

交通機動隊の速水(はやみ)小隊長は、関(かか)わった暴走族の少年などに理解を示し、親身に相談に乗ったりしているようだ。

俺には、とてもそんな真似(まね)はできない。

黒木はそう思う。

ゲームセンターやダンスクラブのような遊興施設も苦手だった。そういう場所で遊んだ記憶がない。遊んでみたいと思ったこともなかった。

黒木の少年時代の記憶は、グラウンドの土と芝生の匂(にお)い、そして、したたる汗と筋肉痛といったものばかりだ。

大観覧車の下には、すでに警察の車両が到着していた。機捜の車に鑑識車だ。地域課係員の姿もある。

ベテラン鑑識係の石倉(いしくら)が黒木に声をかけた。

「まだだめだよ」

遺留品や指紋・足跡などの採取と記録がまだ終わっていないということだ。

黒木はこたえた。

「わかってますよ」

「おっと、おまえさんには、釈迦(しゃか)に説法だったな」

黒木は、きちんと約束事を守る、ということを言いたいのだろう。

鑑識が作業を終えるのを待つ間、黒木は地域課係員から話を聞くことにした。最初に駆けつけたのは、黒木とほぼ同じ年齢の巡査長だ。

「どういう状況だった？」

「無線を聞いて現場にやってきたとき、被害者が腹から血を出してうずくまっていたんだ。自分はすぐに救急車を呼んだ」

「通報者は？」

「通りすがりのカップルだ。機捜が話を聞いているはずだ」

「通報者は、犯人の姿を見たのか？」

「いや、立ち去った後だったということだ」

「被害者の容態は？」

「病院に運ばれたが、意識はあったな。それほど深手には見えなかった。詳しいことは医者に聞いてくれ」

黒木はうなずいた。

須田がやってくるのが眼に入った。よたよたと走ってくる。息を切らして言った。

「鑑識はまだ終わらないの？」

「まだです」

黒木がこたえると、石倉の声がした。

「おい、須田。俺たちだって精一杯やってるんだ」

須田が慌てた様子で言った。

「石倉さん、俺、そんなつもりで言ったんじゃないですよ」

石倉は、意地悪そうな笑みを浮かべていた。須田をからかっているだけなのだ。

須田も、慌てたように見えるが、実はまったくうろたえてなどいないことを、黒木は知っている。

須田は、わざと自分を無能に見せたがっているような気がして仕方がない。安っぽいドラマやアニメの登場人物のような、類型的な反応をする。

それが演技であることに、黒木が気づいたのは、組んで仕事をするようになって一年以上経(た)ってからだった。おそらく、今でも気づかずにいる同僚は多いはずだ。

須田の反応だけを見ていると、まるで間抜けのように見えてしまう。どういうつもりで、そういう演技をしているのか、黒木にはわからない。

他人を欺こうとしているわけではないと思う。須田は、実に感傷的な男だ。刑事にはあまり向いていないかもしれない。

それを自覚しているから、本当の自分を隠すために、いつしか身に付けた方便なのかもしれない。

「機捜はどうしたんだ？」

須田が黒木に尋ねた。その質問にこたえたのは、地域課の巡査長だった。

「犯人の足取りを追っています」

「緊配は？」

「発生署配備がかかってます。自分の同僚も配置についています」

次にやってきたのは、桜井だった。

「すいません。遅くなりました」

須田が言った。

「別に遅くないよ。三番手だからな」

同じ部長刑事でも、村雨ならこんなことは言わないだろうと、黒木は思った。

そして、それからすぐに水野がやってきた。

五番目にやってきたのは、安積係長だった。最後が村雨だ。

安積は、黒木から状況を聞くと、命じた。

「現場検証は、俺と水野でやる。他の者は、機捜と連絡を取り合って、犯人を追ってくれ。まだ、それほど遠くには行っていないはずだ」

村雨がすぐに機捜と連絡を取り、犯人の人着と、逃走したと思われる方向を聞き出した。

四人は、取りあえず、その方向に向かうことにした。

それから、ほんの数分後のことだ。

犯人の身柄が確保されたという知らせが、須田のもとに入った。安積からの電話だった。

緊急配備中の地域課係員が発見した。犯人は、現場からそれほど遠くない公園の遊歩道でたたずんでいたということだ。

身柄は、すぐに東京湾臨海署に運ばれた。村雨と桜井が取り調べを担当する。

安積は、須田に言った。

「黒木といっしょに病院に行って、被害者に犯人の人着の確認を取ってくれ。それから、事情を詳しく聞いてくるんだ」

「了解しました」

二人は、被害者がいるという病院に向かった。


被害者の名前は、国枝政彦(くにえだまさひこ)。年齢は二十一歳。都内の有名私立大学に通う学生だ。

担当した医者の話によると、傷は浅く、すでに処置を終えているということだ。ただ、刃物で刺されたというショックが大きく、鎮静剤を与えて様子を見ているという。

須田が、話を聞けるかと尋ねると、医者は、問題ないとこたえた。

国枝は、処置室のベッドに横たわっていた。顔色がよくなかった。医者が言っていたとおり、ショックを受けているのだろう。

須田が言った。

「あなたを刺したと思われる人物が捕まりました。人相を確認してもらえますか?」

須田が携帯電話を取り出し、送られてきた画像を国枝に見せた。

鎮静剤のせいか、どこかぼんやりしていて、反応が鈍い。

須田がさらに言った。

「この人物で間違いないですか？」

　国枝がようやく口を開いた。

「ええ、こいつです」

「確かですね」

「間違いありませんよ。こいつが俺の腹をナイフで刺したんです」

「そのときの様子を、詳しく話してもらえませんか？」

「さっき、警察の人に同じことを訊かれましたよ」

「すいません」

　須田は、困ったような表情で言った。「書類を作るために必要なんです。もう一度、お願いできませんか？」

「なんだか、ひどくだるいんです」

　須田がうなずいた。

「鎮静剤のせいでしょう。話はすぐに済みます。協力をお願いします」

「公園で、あいつと口喧嘩になったんです。そうしたら、あいつが俺をナイフで刺したんです」

「口喧嘩？　顔見知りだったんですか？」

「いえ、初めて会ったやつですよ」

「口論になり、相手がいきなりナイフを取り出して刺したということですか？」

「ええ、そうです」

「どうして口論になったんですか?」

「向こうが因縁をふっかけてきたんです」

「因縁をふっかけてきた……? どういうふうに?」

「てめえ、何見てんだよ、とか何とか……。きっと、カツアゲでもするつもりだったんでしょう。俺は、金取られたりするのは真っ平だったんで、言い返したんです。そうしたら、言い合いになって……」

「向こうがナイフであなたを刺した……」

「そうです」

「あなたは、どうしてあの時刻にあの場所にいらしたのですか?」

「たまに来るんです。隣のゲームセンターにダーツのコーナーがあるんです」

「一人でいらしたんですか?」

「ええ、一人です」

「一人でダーツを……?」

「オンラインダーツがあるんです。全国の人と対戦できるんです」

須田が、なるほどというふうにうなずいた。黒木は、何のことかよくわからなかった。

「よくお一人でいらっしゃるんですか?」

「ええ。一人で来ます」

「相手も一人でしたか？」

「一人だったと思います」

「オンラインダーツは、五〇一（ファイブオーワン）ですか？」

黒木にはこの質問の意味がわからなかった。国枝も同様のようだった。彼は、きょとんとした顔になった。

「え……？」

須田の質問はそこまでだった。黒木のほうを見た。何か質問はあるかという意味だ。黒木は、かぶりを振った。たいていの場合、質問は須田に任せることにしているし、特に疑問点はないと思った。

須田は、礼を言って処置室を出た。黒木は黙ってあとに続いた。

「五〇一って何のことです？」

病院を出ると、黒木は須田に尋ねた。

「ダーツの公式試合のルールの一つだ。国際大会なんかも、このルールでやる。五〇一点から点数を減らしていって、ちょうどゼロで終わるゲームだ」

この人はいろいろなことを知っているな……。黒木は感心せずにはいられなかった。

## 2

署に戻ったときには、日付が変わろうとしていた。

須田が国枝の供述を安積に報告する。黒木が口を挟む必要はなかった。須田の説明は、時には冗長(じょうちょう)なこともあるが、報告すべきことを言い忘れたりすることは決してない。

村雨と桜井が取調室から戻ってきて安積に告げた。

被疑者の名前は、田崎順一(たざきじゅんいち)。二十歳の無職だ。

「大筋で、犯行を認めています。公園で二人は口論になって、かっとなって刺したということらしいです」

それは、被害者の国枝の供述とも矛盾していないと、黒木は思った。安積もそう感じているようだ。

「じゃあ、送検の手続きを取ろう」

逮捕した後、被疑者の身柄は検察庁に送られる。それが送検だ。その後は、検察官主導の調べが行われる。

送検すれば、警察としては一件落着ということになる。

田崎が国枝を刺したのは明白だし、大筋で犯行を認めているということだから、これ以上の追及は必要ないだろう。

そのとき、須田が言った。

「ええと……。送検は明後日の朝九時までにすればいいんですよね」

村雨が怪訝な顔で言った。

「明日の朝送検すればいいだけのことだ。それで何か問題があるのか?」

須田は、うろたえたような顔をする。

本当に動揺しているのかどうかはわからないと、黒木は思った。

なるべく周囲の反感を買わないために、須田はよくこうした態度を取るのだ。

たしかに、単純な傷害事件だ。すぐに被疑者の身柄が確保できた。被害者と加害者の供述が大筋で一致している。誰もが、さっさと済ませて帰宅したいと考えているに違いない。

おそらく安積係長もそうだろう。

須田が村雨の問いにこたえた。

「いや……。問題があるわけじゃないけどさ。送検まで、もうちょっと調べてみてもいいと思ってさ」

逮捕後、四十八時間以内の午前九時までに送検する決まりになっている。逮捕時にその時刻を伝えるが、それは送検までの時間をはっきりさせるためだ。

村雨がさらに質問する。

「いったい、何を調べたいというんだ?」

「例えば、凶器のこととかさ……」

「凶器は、田崎が身柄確保された場所の近くで発見された。鑑識に回したが、血が付いていたし、間違いなく犯行に使用されたナイフだ」

須田の態度は、はっきりしない。

黒木にも、須田の本意はわからなかった。

「とにかくさ……」

須田が言う。「送検まではまだ時間があるんだから、もうちょっと調べてもいいだろう？」

安積が言った。

「調べたいというのならかまわない。ただし、みんなそれぞれに他の事案も抱えていることだし、調べるのなら須田と黒木の二人でやってくれ」

須田が言った。

「ええ、もちろん、それでいいです」

安積が時計を見た。午前一時になろうとしている。

「さあ、今日は解散しよう」

他の四人は署を去ったが、須田と黒木は残っていた。須田が黒木に言った。

「すまないね。付き合わせちまって」

「いえ……」

黒木はそうこたえることしかできなかった。

須田のパートナーなのだから、いっしょに仕事をするのは当たり前のことだ。だが、正直言って、納得できなかった。

誰が見ても単純な傷害事件なのだ。黒木も早く仕事を終わりにして、寮に帰って休みたい。

黒木は尋ねた。

「何から調べます？」

「被疑者と被害者の知り合いの話を聞いてみたい」

「すでに被疑者が身柄確保されているのに、ですか？」

「それは問題じゃないよ」

黒木は、おおいに問題だと思った。鑑取りは、あくまで被疑者の特定と確保のために行う捜査だ。

被疑者の身柄がすでに確保されている今となって、交友関係を洗うというのは、どうも納得がいかない。

だが、須田には逆らわないほうがいいことは、黒木が一番よく知っている。須田は、黒木が気づかない何かに気づいているのだ。

「しかし、この時刻だと、会える人も限られていますよね」

「明日の朝一からかかれるように、段取りを決めておこう。二人しかいないから、手分けするのがいいだろう。おまえは、被疑者の田崎のほうを当たってくれ。友人や知り合いを探し出して、どんなことでもいいから聞き出してくれ」

「わかりました」

「俺は、被害者のほうを当たる。大学関係から始めようかな……」

「了解です」

「それから、凶器についても調べたい」

「なぜです？　すでに発見されて、鑑識に回っているって、村チョウが言っていたじゃないですか」

「ううん……。ちょっと気になるんだよ」

黒木は、黙ってうなずいた。須田が何を気にしているかわからない。だが、黒木は須田を信頼している。

「あと、田崎に会ってみたいね」

黒木は驚いた。

「村チョウが話を聞いたんですよ」

「別に村チョウの取り調べに問題があったと言っているわけじゃない。ただ、会ってみたいんだよ」

「この時間に、ですか？　留置係がいい顔しませんよ」

「取り調べをするわけじゃない。ちょっと話がしてみたいんだよ」

黒木は他の部署に迷惑がかかるようなことは、なるべくしたくないと考えるタイプだ。だが、須田は、自分の好奇心を最優先する。それをあまり周囲に感じさせない。太っており、いつもおどおどしているように見える。その見かけのせいでそう思われるのかもしれない。

もしかしたら須田は周到に自分の本心を隠すように演技を続けているのかもしれない。そう思っていた。

だが、それが間違いであったことに気づいた。

須田は、間違いなく「天然」なのだ。それが須田のすごさでもある。

黒木は、須田と組んで一つ決めていることがある。須田が何を言い出しても異を唱えない。そして、孤立しそうになったら、必ず味方になる。

心情的にそう決めたわけではない。そのほうが結果的に正しいということに気づいたからだ。

結局、須田は留置係と話をつけ、再び田崎を取調室まで連れて来てもらうことにした。

田崎順一は、緊張した面持ちで机に向かっていた。一目見て黒木は顔をしかめたくなった。わざと不揃い（ふぞろい）に切った髪を明るい茶色に染めている。服装はだらしがない。典型的な不良少年の恰好（かっこう）だと思った。

須田が、机を挟んで田崎の正面に座った。黒木は記録席に座る。

　須田が言った。

「こんな時間に、また来てもらって申し訳ない」

　被疑者にこんなことを言う刑事は珍しい。黒木が知る限り、須田だけかもしれない。いや、もう一人いた。安積係長だ。

　須田の言葉が続く。

「村雨という刑事にすべて話したのだろうと思うけど、もしかしたら、何か言い忘れたことがあるんじゃないかと思ってね……」

　田崎順一は、今や緊張しているというより怯えているというほうがよかった。顔色が悪く、肩をすぼめている。

　まるで、何かしゃべるとひどい目に遭わされると思っているかのようだ。

　須田がさらに言った。

「村雨に言えなかったことで、何か言いたいことはないか?」

　田崎がおそるおそるといった体で顔を上げた。

「あの……」

「何だ?」

「人を刺したってだけで、重大な罪になるんですよね……」

　当然だろうと、黒木は思った。

　刃物で人を刺せば立派な傷害罪だ。殺意が認められれば殺人未遂となる。

同時に、黒木は、おやっと思った。田崎の口調が、見た目とはちょっと違うように感じられたからだ。不良たちは、たいてい虚勢を張る。だが、田崎はそういう態度ではなかった。

須田がこたえた。

「もちろんそうだけどね……。それでも、人それぞれに言い分があると思う」

「僕が言いがかりをつけて、口論になって、持っていたナイフで刺した……。そういうことになっているんですね……」

「被害者はそう言っている。俺たちもそう思っている。違うのか？」

「僕が刺したことは間違いありません」

この一言で充分だと、黒木は思った。村雨もそう考えたに違いない。

須田が言った。

「俺は、被害者から直接話を聞いた。だから、今度は君から聞きたい。何があったのか、君の口から直接聞きたいんだ」

田崎は、しばらく須田を見ていた。その顔にすがるような表情が浮かんだ。彼は、堰を切ったように話しだした。

「口論になったのは事実ですけど、最初に声をかけてきたのは、向こうなんです。僕が女の子たちと話しているところにやってきて……。僕は、何かあるといけないと思って、女の子たちを先に帰しました。それが気に入らないと言って、絡んできたんです」

「それは、ナイフで刺された被害者が、君に絡んできた、という意味だね？」

「そうです」

「君と話をしていた女の子たちっていうのは……？」

「僕たちのバンドのライブをよく聴きに来てくれる子たちです。いつも三人で来てくれるんです」

「君はバンドをやっているのか？　それで、そんな派手な恰好をしているわけ？」

「ええ。今夜は……、というか、昨夜は、好きなバンドのライブがあったので、それを聴きにお台場まで来たんです。そこに、その女の子たちも来ていて……」

「君が刺した相手だけど、顔見知り？」

「いいえ。初めて見たやつですけど、ナンパ目当てだということが明らかでしたね。……というか、ヤるのが目的ですね。僕が男一人で、三人の女の子と話をしているので、悔しくて声をかけてきたのかもしれません」

　黒木は、戸惑っていた。

　被害者・国枝の話とはずいぶんとニュアンスが違う。

　須田が話の先をうながした。

「それで……？」

「僕もそんなやつと関わり合いになるのが嫌で、その場を去ろうとしたんです。それでも相手が絡んできました。あいつが僕の肩を摑んだんで、突き飛ばしたんです。そうしたら、あいつは……」

　そこまで言って、田崎は言葉を切った。感情の高ぶりを収めているように見える。

　須田が尋ねた。

「そうしたら……？」

「あいつがナイフを取り出したんです」

「ナイフを持っていたのは、君じゃなくて、被害者のほうだったんだね？」

「僕はナイフなんて持ち歩きません。おそらく、あいつはナンパした女の子を脅して、ヤるために持っていたんじゃないかと思います」

「それは、君の推測に過ぎないね……」

「あ、でも、あいつがナイフを持っていたことは本当です」

　須田はうなずいた。

「それから君はどうしたんだ？」

「相手がナイフを持って近づいてきたんで、無我夢中でした。怖かったし……。本気で刺されると思いました。それくらい向こうはキレてたんで……。それからのことはよく覚えていません。気がついたら、僕がナイフを持って、向こうが驚いた顔で尻餅(しりもち)をついていました。腹から血を流していたので、僕は驚いてその場から逃げ出したんです」

　須田は、小さく溜(た)め息(いき)をついて、かぶりを振った。

「それ、村雨という刑事に言わなかったんだね？」

「言えませんでした」

「どうしてだい？」

「頭が混乱していたし、人を刺したら、それだけで重大な罪だって言われたから、もう何を言ってもお終いだって気になって……」

「村雨が言ったことに、ただうなずいたってわけ？」

「はい」

「いいかい、よく聞いてくれ。村雨がもう一度話を聞きに来るはずだ。そうしたら、今の話をもう一度するんだ。投げやりになったり、弱気になったりしちゃだめだ」

「わかりました」

須田が、黒木に言った。

「何か質問はあるかい？」

黒木は、すっかり驚いて、ただ首を横に振るしかなかった。

## 3

翌日、朝から黒木は、田崎の交友関係を当たった。バンド仲間や、親しくしているライブハウスのスタッフなどに話を聞いた。

最初の印象が覆っていく。田崎は、実に真面目にバンド活動をやっていた。バンドをやるには堅すぎるという声まで聞かれた。

一方、須田が聞き込んで来た国枝の評判は芳しくなかった。総合すると、国枝は享楽的で、自分勝手な性格だということだ。

大学のサークルなどでも、酒を飲んでしばしば問題を起こし、そのときにナイフをちらつかせたところを見た知り合いがいた。

黒木は、須田と連絡を取り合い、午後三時頃に、署に戻ることにした。

先に署に着いたのは黒木だった。十分ほど遅れて、須田が戻って来た。須田がすぐに安積のところに向かったので、黒木もそれに従った。

須田は、国枝の友人知人から聞いてきた話を安積に伝えた。

安積は、眉をひそめて尋ねた。

「待てよ、須田。被害者の国枝がナイフを持ち歩いていた可能性があるということか？」

「ええ、そういう話ですね。加害者の田崎については、黒木が聞き込みに回りました」

安積が黒木のほうを見た。

黒木は、できるだけ簡潔に、聞いてきたことを報告した。

安積が黒木に尋ねた。

「あのいかにもツッパってますという恰好は、バンドをやっているからだということか？」

「そのようです」

「田崎は、生真面目なタイプで、他人と問題を起こすような男ではないということだな？」

「周囲の人間はそう供述しています」

村雨が安積の席に近づいてきて言った。

「しかし、田崎が刺したことは間違いないんだ」

須田がうなずいた。

「それはそうだけど、そのナイフがもし被害者の国枝のものだとしたら、どうだ？」

村雨が考え込みながら言った。

「どうだと言われても……」

「昨夜、田崎は混乱していたんだと思うよ。今なら多少は落ち着いているかもしれない。もう一度、話を聞いてみたらどうだ？」

須田は、田崎から直接話を聞いたことは言わなかった。村雨に気をつかったのだろう。へたをしたら、村雨が調書をでっち上げたということになりかねない。だが、須田も黒木も、村雨がそんな刑事でないことはよく知っている。

再度、田崎の話を聞けばいいだけの話なのだ。

安積は村雨に言った。

「須田が言うことにも一理ある。すまんが、もう一度話を聞いてみてくれないか」

村雨はうなずいた。別に不満そうな様子はなかった。

即座に桜井が留置係に電話をかけた。

「行ってきます」

村雨と桜井が、取調室に向かった。

凶器のナイフが、国枝のものであることが判明した。

村雨が取り調べをする間、須田と黒木が再び国枝に会い、追及した結果、自ら所有するものであることを認めたのだ。

その結果、国枝の身柄も任意で引っぱることになった。調べが進めば、傷害未遂の容疑で逮捕されることになるだろう。

その日の夕刻に、無事送検手続きが済み、田崎順一の身柄は検察庁に押送(おうそう)された。

見るからに不良っぽい恰好をした田崎が、有名私立大学に通う国枝を刺した。それだけで、誰もがただ田崎を悪者と考えてしまうだろう。

俺自身がそうだったと、黒木は素直に反省した。

そうした印象が先入観を生んだ。凶器のナイフに対する先入観だ。田崎が刺したのだから、田崎のナイフだと思い込んでしまったのだ。

安積係長が、係員に茶碗酒(ちゃわんざけ)を振る舞った。その酒が呼び水になったのか、珍しく須田が黒木に、飲みに行こうと言った。

黒木は、こういう場合、決して断らないようにしている。

二人は午後七時過ぎに、東京湾臨海署を出て、りんかい線に乗り、大井町までやってきた。

職場も住居もお台場なので、飲むときくらいは、別の場所に行きたい。

実は、安積係長の影響もある。

お台場に馴染みが深いはずの安積だが、ずっとこの土地が好きになれないと言っているらしい。

たしかに人工的なお台場は、安積係長には似合わないかもしれないと、黒木は思う。

須田もやはり、安積係長と同意見のようだ。黒木はどうしても、その二人の影響を受けてしまうのだ。

安積班の面々の馴染みの居酒屋に入った。店主がいつも気をつかって、他の客の眼につかない奥の席を用意してくれる。

新聞記者が嗅ぎつけたら、夜回りをかけられておちおち飲んでもいられないからだ。

ビールで乾杯すると、二人は料理を注文した。須田は、つまみ程度のものしか頼まない。実は、黒木のほうがずっと大食漢なのだ。

「いつ気づいたんですか?」

黒木が尋ねた。

須田はきょとんとした顔で聞き返した。

「ん……? 何のことだ?」

具体的な事案の内容や固有名詞は口に出せない。他の客から離れた席だといっても、どこで誰が聞いているかわからない。

「今度の事案のことです。自分はすっかり単純な傷害事件だと思い込んでいました」

「ああ……」

「送検を待つように言ったのは、須田さん一人でした」

「別に気づいたとか、そういうんじゃないんだよ」

「じゃあ、どうして……」

「何と言うか……。俺、あまのじゃくだからね。みんなが同じように考えて、物事がうまく進みすぎると、逆に怖くなるんだ」

「怖く、ですか？」

「そう。こんなはずはない。何か忘れているんじゃないかってね……」

「普通の人は、そうは考えませんよね」

「おい、俺だって普通の人だよ」

　いや、決して普通ではない。須田が、どうして警察官を目指したのか、訊いたことはない。それを質問すること自体が失礼だと思っているからだ。

　しかし、ずいぶん苦労しただろうということは想像できる。例えば、警察学校の術科だ。黒木は、運動選手としての訓練ができていたから苦労はしなかったが、須田はきっとずいぶんと辛い思いをしたはずだ。

　画一的な考え方をしがちな警察組織内で、須田のようなタイプは、はみ出してしまっても不思議はない。だが、須田は毎日を淡々と生きている。それは、やはり普通ではできないことのように思える。

「それにしても、事案の印象がずいぶんと変わりましたね。最初は、加害者が一方的に悪いと思っていたのですが……。あのまま、送検していたら、どうなったか……」

「検事がちゃんと調べてくれたと思うよ。でもね、もやもやしたまま仕事を終わらせたくなかったんだ」

「きっと情状酌量の余地がありますね。須田さんが、もっと調べようと言い出さなければ、そうはならなかったと思います」

「俺はね、どんな仕事でも終わらせ方が一番大切なんだと思う。捜査もさ、どういう終わらせ方をするかが重要だと思うんだ」

なるほど、と黒木は思う。

実に、須田らしい一言だ。

「やっぱり、ここだったか」

その声に、二人は顔を上げた。安積係長が立っていた。

「あ、係長」

須田と黒木は、同時に立ち上がった。

「いいから座ってろ。二人が飲みに行ったと聞いたから、ここじゃないかと思ってな……」

安積も生ビールを注文した。

三人で乾杯すると、安積が尋ねた。

「何の話をしていたんだ？」

黒木がこたえた。

「須田チョウが、送検を待ってくれと言った話です」

安積がうなずいて、須田に言った。

「おまえの言うとおりにしてよかった」

須田が照れたように言った。

「やだな、係長。係長だって同じことを思っていたんじゃないですか？」

「そんなことはない。俺だって見落としはいくらでもある」

黒木は言った。

「自分は、単純な事案だと思っていました。まだまだです」

「黒木」

安積が言った。「俺たちは、一人一人みんな違うんだ。それぞれに持ち味がある。例えばみんなで登山をしているとする。たいていの者が頂上を見つめている。だが、そういうときでも、須田は足元を見ているんだ。そういう男なんだよ」

「はい」

「だからこそ須田は貴重な人材なんだ。だからといって、捜査員がみんな須田みたいなやつだったら、とんでもないことになる」

須田が口をとがらせて言った。

「とんでもないことにはならないと思いますよ」

この二人になら、何があってもついていける。

二人のやり取りを聞きながら、黒木はそんなことを思っていた。

# リタルダンド

# 1

午後十時過ぎに、須田(すだ)から電話があった。須田は、今夜の当番だ。呼び出しに違いないと、桜井(さくらい)は思った。

「はい、桜井」

「傷害事件の無線が流れた。現場は、江東区有明一丁目の路上だ」

案の定だ。

「了解。すぐに行きます」

「俺も向かうから、よろしく」

電話を切ると、桜井は出かける用意を始めた。

実は、待機寮(たいきりょう)に戻ってきたばかりだった。午後八時頃、強盗事件があり、村雨(むらさめ)と共にその捜査に追われていたのだ。

黒木(くろき)も待機寮に住んでいるが、帰って来ているかどうか、桜井は知らなかった。署を出るとき黒木の姿はなかったが、どこかで仕事をしていたのかもしれない。

所轄の刑事は、仕事が終わるということがない。継続している事案については、適当なところで切り上げないと、一日中働くはめになる。

時間は不規則だ。夜遅くまで働いたと思うと、夜明けと同時にガサイレやウチコミがある。

ガサイレもウチコミも家宅捜索のことだが、ガサイレは押収を目的とした場合、ウチコミは被疑者の身柄確保を目的とした場合に使うことが多い。

どちらも「ガサ」で済ませる刑事もいる。

なぜ夜明けにやるかというと、特別な指定がない場合、家宅捜索は日の出から日没までしかできない決まりになっているからだ。

だから、たいていの刑事はいつも寝不足で疲れている。

桜井も疲れていた。だが、桜井は東京湾臨海署刑事課強行犯第一係、通称安積班で一番若い。

眠いの疲れたのと言ってはいられない。真っ先に現場に駆けつけるくらいのやる気を見せなければならない。

いつも組んでいる村雨は、人一倍そういうことにうるさいタイプだ。

桜井のことを思って、厳しく教育してくれているのだ。

いつかは、村雨のもとを離れなくてはならない。人事異動で、桜井か村雨のどちらかが、臨海署からいなくなる事態が、いつあってもおかしくない。

そのことは、充分に理解しているつもりだ。だが、やはり煙たく思うこともある。

須田と黒木を見ていると、時にうらやましいと感じる。

須田は巡査部長で、黒木はまだ巡査長だが、年齢がそれほど離れてはいないので、須田が黒木を厳しく指導するようなことはない。須田の性格のせいもあるだろう。彼は、他人にあれこれ指図するようなタイプではないのだ。

帰って来たばかりなので、背広を着たままだった。それが幸いした。係の中で一番に現着できそうだ。

桜井は、そう思いながら待機寮を出た。


現場に着いて驚いた。すでに村雨が現着していたのだ。

彼は、西葛西(にしかさい)の団地に住んでいる。自宅から駆けつけるのに時間がかかるので、現場にはたいてい最後にやってくる。

桜井は、何か小言を言われるかと思い、先に謝っておくことにした。

「遅くなってすいません」

村雨は、ちらりと桜井を見て言った。

「別に遅くはない」

愛想がない。だが、いつものことだ。

村雨は神経質で、もともと細かなことが気になるタイプなのだ。そのせいで、しかめ面をしていることが多いが、別に機嫌が悪いわけではないのだ。

村雨が、付け加えるように言った。

「俺がたまたま近くで電話を受けただけのことだ」

「近くにいたんですか？」

「ああ……」

「自分が帰宅した後も、例の強盗事件の捜査を続けていたんですか？」

村雨は、顔をしかめた。

「別にそういうわけじゃない。帰る前にちょっと一杯やろうと思っていただけだ」

本当だろうか。だが、追及して機嫌を悪くされても困る。桜井は、話題を変えることにした。

「八時頃起きた強盗事件と同じホシでしょうか？」

「まだ、何とも言えないな……」

現場は、高層マンションの前の路上だった。最近、台場、東雲（しののめ）や有明のあたりに、こうした高層マンションがいくつもできている。

そのせいで、お台場の雰囲気が少し変わってきたように、桜井は感じていた。

かつては、昼間人口と夜間人口の差が大きく、夜になると道路も閑散としていた。

だが、都立の集合住宅や、高層マンションが次々に建てられ、夜間人口も増えてきた。

東京湾臨海署の新庁舎ができる前は、この地域の犯罪捜査には一つの特徴があった。

お台場にはショッピングセンターや遊興施設がいくつもあり、人々はお台場を通過していくだけだった。

だから、目撃者を探そうとしてもなかなかうまくいかなかったのだ。

事件を目撃した人がいたとしても、その人物はお台場を出て自宅に帰ってしまう。お台場は人がとどまる場所ではなかったのだ。昔は殺風景な埋め立て地だったという。

それが、いつしか人が住む場所に変わりつつある。なんだか、奇妙な感じがした。

地域課の係員に様子を聞くことにした。巡査部長の地域課係員が言った。年齢は四十歳くらいだ。

「被害者は、病院に運ばれた。命に別状ないそうだ。不幸中の幸いってやつだな」

村雨が尋ねる。

「怪我（けが）をしているのですね」

「ああ。刃物で刺されたということだ。抵抗したんだろうな」

「刃物ですか？　凶器は？」

「まだ、見つかっていない」

八時頃に起きた強盗事件でも、犯人は刃物を所持していたという情報があった。だが、その事案では怪我人は出ていない。

こちらは、ある程度、人相着衣（にんそうちゃくい）が絞られている。年齢は、四十代半ば。カーキ色のジャンパーを着ていたという。

村雨が質問を続けた。

「通報者は？」

「俺がいちおう話を聞いた。血を流して倒れている人がいるので、驚いて一一〇番したということだ。話を聞いてみるかい？」

「ええ、ぜひ……」

村雨が地域課の巡査部長とともに、通報者が乗っているパトカーに向かった。村雨は、しばらく話を聞き車を下りた。

村雨と巡査部長が桜井のところに戻って来る。そこに、ハッチバックの車が一台やってきた。機動捜査隊の車だった。

二人の機捜隊員が下りて来た。

「こちらが傷害の現場ですね？」

機捜隊員はたいてい若い。機動捜査隊が捜査一課への登竜門と言われているのだ。

村雨がこたえた。

「そうだ。被害者は病院に搬送された。刃物で刺されたということだ。命に別状ないということだから、医者の許可が出れば、話を聞いてみようと思う」

「そちらは、自分たちがやります」

「午後八時頃、管内で強盗事件が発生している。その事件との関連も視野にいれなければならないと思う」

村雨はそう言ってから、八時頃に起きた事案の目撃情報による犯人の人相着衣を告げた。

「了解しました。では、病院に向かいます」

「俺たちは現場での聞き込みを引き受ける」

「お願いします」

二人の機捜隊員は、被害者が運ばれた病院の名前を、地域課の巡査部長に尋ね、車に乗り込み、去って行った。

さすがに「機動」の言葉が頭についているだけあって、機動捜査隊は行動力がある。殺人などの重要事件になると、大勢の機捜隊員が現場に駆けつけ、初動捜査に当たる。

次にやってきたのは、須田だった。署から駆けつけたのだ。

村雨は、須田に言った。

「当番だろう。現場は俺たちに任せて、署に詰めているべきだろう」

「いちおう、俺も現場を見ておこうと思ってさ。事案が長引いたら、俺も担当することになるんだから……」

「長引かんことを祈っているんだがね……」

「すぐに引きあげるから、心配しないでよ」

それを聞いて、村雨はうなずいた。

「わかった」

黒木が現着した。

彼は、無言で村雨と須田に会釈をした。無駄なことをほとんどしゃべらない。須田といるときも、ほとんど須田が一人でしゃべっているのだと聞いたことがある。

それから水野（みずの）がやってきた。

桜井が状況を説明すると、水野が言った。

「犯人の足取りは？」

その質問にこたえたのは、地域課の巡査部長だ。

「緊配の指令が出て、現在配備中だ。その網にひっかかるかもしれない」

「人着は？」

「不明だが、返り血を浴びている可能性がある」

村雨が、水野に言う。

「被害者から話を聞けるかもしれない。機捜隊員が病院に向かった」

「じゃあ、取りあえずは聞き込みね……」

鑑識がやってきて作業を始めた。遺留品や証拠品を収集し、カメラに記録を収めている間、刑事たちは現場から追い出されることになる。

最後に安積係長がやってきた。

村雨が、これまでにわかったことを報告する。ちょうど話し終えたとき、村雨の携帯電話が振動した。

村雨は、電話に出て、しばらく相手の話を聞き、「わかった」と言って電話を切った。

そして、安積に報告した。

「病院に行った機捜隊員からです。被害者は、手術の必要があるので、しばらく話が聞けないとのことです」

「そうか……。人着がまだわからないということだな……」

「そうですね」

安積が言った。

「では、手分けして目撃情報がないか聞き込みをやってくれ」

桜井は、思わず目の前の高層マンションを見上げた。いったい、このマンションには何世帯の家族が住んでいるのだろう。

それを、たった六人で虱潰し(しらみつぶ)しに訪ねていくことになる。いや、須田は当番で署に戻らなければならないので、五人でやることになる。いったい何時間かかるだろう。

桜井はうんざりした気分になった。

さっきまで、強盗事件で聞き込みを続けていたのだ。

だが、これが刑事の仕事だ。文句を言ってはいられない。

須田が言った。

「係長、俺も残って聞き込みやりましょうか?」

須田は、みんなに気をつかっているのだ。安積がかぶりを振った。

「いや、おまえは署に戻ってくれ」

二人一組で行動するのが、刑事の基本だ。だが、効率を考えて、一人ずつばらばらで聞き込みを開始した。

村雨が、近くにあるコンビニエンスストアや、ゆりかもめの有明テニスの森駅、りんかい線東雲駅などを担当することになった。残りは、目の前にそびえ立つ高層マンションだ。

一階と二階は吹き抜けのロビーになっている。部屋は三階から上だ。

安積が三階を、水野が四階を、黒木が五階を、桜井が六階を、それぞれ担当することになった。

まずはオートロックのドアを開けなければならない。安積が三〇一号室のインターホンのボタンを押して来意を告げる。

カメラがあるので、それに向けて手帳の身分証とバッジを掲げた。それでようやくドアが開いた。

四人はいっしょに戸口をくぐり抜け、エレベーターホールに向かった。

桜井は、一番端の六〇一号室から始めることにした。ドアの脇のチャイムを鳴らす。反応がない。

オートロックのマンションなので、来客はまず玄関のインターホンで連絡してくるはずだ。いきなり部屋のドアチャイムが鳴るという経験はあまりないに違いない。

桜井はもう一度チャイムを鳴らした。すると、明らかに警戒した声がドアの向こうから聞こえた。

「どちら様ですか？」

「東京湾臨海署の者です。ちょっとお話をうかがえませんか？」

ドアチェーンをかけたまま、少しだけドアが開いた。その隙間(すきま)から中年女性の顔が見える。明らかに訝しんでいる。

　桜井は、手帳を開いてバッジと身分証を見せた。それでも相手はドアチェーンを外そうとしなかった。

「このマンションの前で、傷害事件がありまして……。何か見たり聞いたりされませんでしたか？」

「さあ……」

「午後十時前後のことと思われるのですが……」

「何もわかりません」

「ご家族の方々にも、お話をうかがいたいのですが……」

「明日じゃだめなんですか？」

　露骨に迷惑そうな顔をされる。刑事が訪ねていくと、相手はまず緊張する。そして、自分が疑われているわけじゃないと知ると、ほとんどの人が迷惑そうな顔をするのだ。

「できるだけ早くお話をうかがう必要があるのです」

　中年女性は、「ちょっと待ってください」と言ってドアを閉めた。しばらくして、やはりチェーンをかけたままドアが開き、今度は中年の男性が顔を出した。

「傷害事件ですって？」

「ええ、被害者が刺されました」

「このへんは、治安がいいはずなんですがね……」

「ええ、そうですね。でも、治安がいいからといってまったく事件が起きないわけじゃないんです」

「まあ、そうだな」

「何か、見たり聞いたりしませんでしたか？」

「いや、事件に関係することは何も見聞きしていないと思う」

「不審な人物とか不審な車などに気づきませんでしたか？」

「いや、気づかなかった」

「ご家族はお二人だけですか？」

「いや、中学生の娘がいるが、もう寝ていると思う。起こさなきゃいけないかね？」

桜井はちょっと考えた。村雨ならどうするだろう。迷わず「起こしてくれ」と言うかもしれない。

「いえ、その必要はありません」

桜井は言った。「お嬢さんは、何か特別なことはおっしゃっていなかったのですね？」

「ああ、いつもどおりだった。特に何かを見たという話はしていなかった」

「わかりました。ご協力、どうもありがとうございました」

ドアが閉まった。

隣の部屋の住人と、ほとんど同じやり取りをした。そして、さらに隣の部屋。

チャイムを鳴らしても、住人が返事をしない部屋もあった。留守なのか、よほど警戒しているかのどちらかだろう。

話を聞けなかった部屋は、メモをしておいて、朝になってからまた訪ねるしかないと、桜井は思った。

六階の部屋の半分ほどを訪ねるのに、一時間以上かかった。すでに午前零時になろうとしている。これ以上遅くなると、部屋を訪ねるのは非常識になるだろう。

だが、警察の捜査などもともと非常識なものだ。相手がどんなに迷惑がろうが、やるべきことはやらなければならない。

次の部屋に向かおうとしていると、携帯電話が振動した。安積からだった。

「はい、桜井」

「今日は遅い。聞き込みはここまでにしよう」

桜井はほっとした。迷惑がられるのを承知でドアチャイムを鳴らし続けるのは、もう勘弁してほしいと思っていたのだ。寝ている住人を起こすのも嫌だった。

エレベーターで一階に降りると、安積は言った。

「犯人は緊配の網をくぐり抜けたようだ。今、緊配が解除された」

水野が尋ねた。

「もう、お台場を出ているでしょうか……」

「何とも言えんな……」

黒木が口を開いた。

「被害者からは、まだ話が聞けないのでしょうか？」

安積が桜井に尋ねた。

「機捜隊員の電話番号は聞いていないのか？」

「すいません。電話番号を交換したのは、村雨さんだけです」

「別に謝ることはない。じゃあ、村雨に電話をして、機捜隊員と連絡を取るように言ってくれ」

桜井は、村雨に電話して安積の言葉を伝えた。すぐに、村雨から安積に電話があった。

安積は、その内容をみんなに告げた。

「まだ、医者の許可が下りないということだ。手術を終えたばかりで、患者への負担が大きいと、医者が言っているらしい。機捜隊員が張り付いている。いったん、署に引きあげよう」

そのとき、また安積の携帯電話が振動した。

電話を終えると、安積が言った。

「地域課からだ。女性から強姦の訴えがあった。今、病院に収容されている。水野、桜井、行って話を聞いてきてくれ」

また事件だ。今日一日で三件の事案を抱え込んだことになる。

「行ってきます」

桜井は、そう言うしかなかった。

# 2

女性は、処置室のベッドにいた。

二十代後半か三十代前半の女性だ。着飾っている。おそらく、コンサートか何かの帰りだろうと、桜井は思った。

水野が彼女から事情を聞き、桜井は担当した医師から話を聞くことにした。

「通報されるまでの経緯を話していただけますか？」

医者は、まだ若かった。もしかしたら桜井とそれほど年が違わないかもしれない。

「午後九時過ぎだったと思います。救急受付に彼女は自分でやってきました。最初は、怪我をしたと言ったのです。どこを怪我したかを尋ねているうちに、性的な暴行を受けたのだと言いだしました。私たちは慌ててそのための処置をしました」

強姦の犯人は必ず証拠を残す。ほとんどの場合、犯人のＤＮＡを採取できるのだ。しかし、親告罪なので被害者が泣き寝入りすると、罪は闇（やみ）に葬られることになる。

「他に怪我はしていませんでしたか？」

これは、傷害罪が加わるかどうかを判断するために必要な質問だ。医者が言った。

「擦過傷などの軽傷はあります。しかし、重篤な怪我はありません」

「打撲はどうです？」

「ありました。腹部を殴打されています」

桜井はうなずいた。

「お忙しいところを、どうもありがとうございました」

「そういえば、被害者女性の衣類に血が付いていました」

「血……？」

「ええ。本人のものではありません。もしかしたら、犯人のものかもしれません」

「血液型は？」

「A型ですね」

「DNA鑑定をしてもらえませんか？」

医者は戸惑ったように言った。

「費用を負担してくれるのなら、大学に送っておきますが……」

彼らも多忙なはずだ。大学に送ると言ったきり、何日も放ったらかしにされる恐れもある。

「では、血がついた衣類の提供を、被害者にお願いすることにします」

医者は、ほっとしたようにうなずいた。

桜井は、廊下で水野が出てくるのを待っていた。すでに夜中の十二時半を回っている。

やがて、水野が処置室を出てきて、言った。

「犯人は、四十代半ば。カーキ色のジャンパーを着ていたと言っている。身長は百七十センチくらいで、やや太り気味」

桜井は眉をひそめた。

「それは、午後八時くらいに発生した強盗事件の犯人の目撃情報と一致しますね」

「包丁のような刃物で脅されたと言っている」

「刃物を所持しているというところも、午後八時の強盗犯と一致します」

桜井は、被害者女性の衣類に、本人のものではない血が付着していたという話を伝えた。

水野はうなずいて言った。

「鑑定のためにその衣類を提供してもらうわ」

「あの……」

「何……？」

「パンツなんだそうですが……」

「パンツって、下着の？」

「ええ……」

水野は顔色一つ変えない。

「重要な証拠だから、何であろうと提供してもらうわ」

「そうですね……」

「現場は、パレットタウン近くの公園。私はこれから現場に行ってみようと思う」

「これからですか？」

「時間が経つにつれて、証拠はどんどん失われていくの」

元鑑識係員らしい台詞だ。

「わかりました。行きましょう」

二人は、被害者女性が供述した犯罪現場に向かった。

現場に着いたのは、午前一時過ぎだ。水野と二人で、芝生の上を這いつくばるように遺留品など手がかりになりそうなものを探す。

三十分ほど経った頃、水野が言った。

「あれを見て」

桜井は両手両膝を芝生についたまま、そちらを見た。木立の根元に何かが落ちている。近づいてみると、衣類を丸めたもののようだ。色はカーキ色。

「ここが犯行現場のようね」

水野が言った。桜井は、何にも触れず、なるべく芝生の状態を変えないように、そっと後ずさった。

水野が鑑識を呼んだ。

強姦の犯行現場と思われる公園の一角から発見されたのは、カーキ色のジャンパーだった。さらに、そのジャンパーにはかなりの量の血が付着していた。

安積班の面々は、署に集結していた。それぞれの仕事に追われている。

午前三時頃、安積のところに、鑑識の石倉係長が乗り込んできた。

「おい、俺たちを殺す気か」

「何です？」

「おまえさん、今日一日で、どれくらいの仕事を鑑識に持ち込んだか知っているのか？」

「文句は犯人に言ってください」

「ふん、利いたような口をきくなよ、ハンチョウ」

「文句を言いに来る暇があるということですよね」

「文句はついでだよ。血液のＡＢＯ判定の結果だけでも、早めに教えてやろうと思ってな」

「助かります」

「強姦の訴えを出している女性の衣類から検出された血液型はＡ型。犯行現場と思われる公園で発見されたカーキ色のジャンパーに付着していた血液もＡ型だ」

桜井は、その話をどこか上の空で聞いていた。今日は一日駆け回っていた。あまりに多忙でくたくただった。

身体は疲れているが、頭脳がまだフル回転している。実は、机に向かっているが、何から手を着けていいかわからないような状態だった。

気ばかり急いて、頭が働かない。ぼうっとのぼせたような気分だった。

「ついでに、聞いておいてやったよ。傷害の被害者は、血液型O型だ」

それだけ言うと、石倉はさっさと強行犯第一係を去って行った。

桜井は、いまだに嵐に巻き込まれたような気分でいた。目まぐるしい一日の余波だった。

「おい」

村雨に声をかけられて、はっとした。

「あ、はい……」

「忙しさに、参っているようだな」

「いえ、そんなことは……」

「ゆっくり考えるんだ」

「ゆっくりですか？」

「ああ、そうだ。やることがいっぱいあって、何もかも放り出したくなるときもある。そういうときこそ、深呼吸して頭の回転をスローダウンさせるんだ」

「はあ……」

桜井は、言われたとおり、深呼吸してみた。

そのとき、固定電話が鳴り、桜井が受話器を取った。電話を真っ先に取るのも、桜井の役割だ。

相手は、先ほど会った地域課の巡査部長だった。

「今しがた、係員が血の付いた包丁を所持していた男の身柄を確保した。傷害の被疑者かもしれない」

「わかりました。すぐに身柄を引き取りに行きます」

電話を切ると、桜井は安積に報告した。

村雨が立ち上がった。

「桜井、行くぞ」

依然として桜井は、嵐の中にいるような気分だった。


地域課が確保した人物の身柄を引き取り、取調室に運んだ。

若い男だ。所持していた免許証から、氏名と年齢、住所が判明していた。日向治（ひゅうがおさむ）、二十七歳、住所は荒川区東日暮里二丁目。

村雨が質問し、桜井が記録をする。

「日向治だな？」

村雨が質問したが、相手は質問にこたえずに、言った。

「俺、被害者なんだよ」

「まず、名前を確認したい」

「なあ、話を聞いてくれ。俺が襲われたほうなんだよ」

村雨は、溜（た）め息（いき）をついてから言った。

「だが、おまえは血が付いた包丁を持っていた」

「あれは、相手が持っていたんだ。俺、それを取り上げたんだ」

「刺された相手が病院で手術を受けた。おまえが刺したんだろう」

「はずみなんだ。揉(も)み合っているうちに刺しちまったんだ」

「どうしてその包丁を持って逃げたんだ？」

「どうしてって……」

男は、おろおろして言った。「俺の指紋ついちまったし、捨てたのを発見されたら、面倒なことになると思って……」

「処分の方法を考えていたというんだな？」

「だって、俺……」

「だって、何なんだ？」

そこまで言って彼は口をつぐんだ。村雨が尋ねる。

「何でもいいだろう。俺は、被害者だって言ってるんだ」

「おまえが刺したことは、間違いないんだろう」

「だから、刺したのははずみだって言ってるだろう」

村雨が桜井のほうを見て、立ち上がった。出入り口に向かったので、それに続いた。

廊下に出ると、村雨は桜井に言った。

「日向の犯罪歴(マエ)を洗ってみろ」

「わかりました」

桜井は、大急ぎで席に戻り、日向の前歴を洗った。結果はすぐにわかった。取調室に駆け戻ると、村雨が言った。

「結果は？」

「出ました」

「言ってくれ」

「ここで言っていいんですか？」

日向の前だ。

村雨はうなずいた。

「かまわないから、言うんだ」

「保護観察の記録がありました」

「十年以内に、少年犯罪で捕まったことがあるということだな」

少年犯罪については、家庭裁判所に十年間の記録が保存されている。

日向の眼が怒りでぎらぎらと光りはじめた。村雨は、これを狙っていたのだ。相手の感情を揺さぶって話を引き出すのも、刑事のテクニックの一つだ。

「ああ、九年前に、傷害で挙げられたよ。家裁送りになって、保護観察処分になった。だからよ、警察が俺の言うことなんて信じるはずねえだろう？　そう思ったから包丁持って逃げたんだよ」

村雨は、さらに相手を刺激する。

「今日の九時頃、刃物を使って脅して強姦するという事件が起きた。それも、包丁を使っておまえがやったんじゃないのか？」

「やっぱり、てめえら、俺の言うことなんて信じねえんだ。俺は、本当のことを言ってるんだよ。信じねえんなら、勝手にしな。何しゃべっても無駄だから、もうしゃべんねえよ」

しばらく無言の間があった。やがて、村雨が言った。

「俺は、おまえの言うことを信じる」

「あ……？」

「おまえは、今病院に入っているやつに襲われた側なんだな？　おまえは包丁を奪い取り、揉み合っているうちに、はずみで刺した。それに間違いないな」

「そう言ってるだろう」

「詳しい経緯を話してくれ」

日向は話しはじめた。友人といっしょにお台場に遊びに来て、九時半頃別れた。それから、日向はお台場をぶらぶらしていた。あまり土地勘がなく、いつの間にか有明一丁目のあたりに来てしまったのだという。

正面から歩いてきた男に、突然包丁を突きつけられたのだそうだ。

村雨が日向に言った。

「調書ができたら、拇印をもらう」

そして立ち上がり、取調室を出た。桜井は、日向の供述を、必死でパソコンに打ち込んでいた。


村雨が、日向の供述を安積に伝えた。

桜井は席に戻り、ようやく一息ついていた。村雨が桜井に言った。

「事案のことを整理してみたか？」

そう言われて、ようやく今日一日のことを考えてみる気になった。

「午後八時に強盗事件が起きました。この事案では怪我人は出ていません。そして、午後九時頃に、強姦事件。被害者の衣類にA型の血液が付着していました。そして、その現場には、強盗事件の犯人が着ていたと思われるジャンパーが残っていました。そのジャンパーにも、A型の血痕がありました。そして、午後十時に傷害事件。被疑者として身柄確保された日向は、実は被害者だったと主張しています」

「それで、これはどういう事案なんだ？」

「わかりませんよ。なんだか、こんがらかってしまって……」

「言っただろう。深呼吸してから、ゆっくり考えてみろって」

「そうでしたね……」

桜井は、再び深呼吸をしてみた。それから、気分をゆったりさせてみた。半信半疑だった。リラックスしたからといって、急に何かがわかるわけではない。そう思っていた。

次第に、気分が落ち着いてきた。ようやく嵐が過ぎ去ったような気分だ。

その瞬間に、今日一日の事案の関連が見えてきたように感じた。それは不思議な瞬間だった。ばらばらの断片が勝手に組み合わされて一つの形を成していくようだった。

「あ……」

桜井は思わず声を上げていた。

「どうした?」

村雨が尋ねた。

「今日起きた事案が、すべて関連しているとしたら、足りないものが一つあります」

「それは何だ?」

「刺された被害者がもう一人いなければなりません。そして、その被害者の血液型はA型のはずです」

その言葉を、安積班の残りのメンバー全員が聞いていた。村雨が安積を見た。安積がうなずいた。

「そう。桜井が言うとおりだ。犯人は、どこかでもう一人刺している。その返り血を浴びたまま、強姦事件を起こした。そのときに被害者女性の衣類にジャンパーの血が付着したんだ。いずれの事件でも、使った凶器は、おそらく日向が持っていた包丁だ。他に凶器は発見されていないからな」

桜井は言った。

「すると犯人は、被害者として病院に運ばれ、手術を受けた男ですね？」

「そう。最初の強盗事件の目撃者が供述した犯人の人相風体と一致するはずだ。強姦事件の被害者に面通しをすれば、はっきりする」

桜井は、疲れが吹っ飛んだように感じていた。

安積が言った。

「病院で被疑者の身柄を押さえる。張り付いている機捜隊員に連絡してくれ。明日は、もう一人いるはずの被害者を探す」

係員たちはいっせいに立ち上がった。


翌日、地域課や交通課の手を借りて、怪我人か遺体を探した。

午前十時頃、有明埠頭フェリーターミナル近くの海面に遺体が浮いているのが見つかったという知らせが入った。

被害者は腹部を刺されていた。その遺体の血液型はＡ型だった。強姦事件の被害者の衣類や、カーキ色のジャンパーに付着していた血液がその人物のものか、ＤＮＡ鑑定を待たなければ確かなことはわからない。

だが、ほぼ間違いないだろうと、桜井は考えていた。

病院に運ばれていた男が手術を受けたというのは本当のことだったらしい。麻酔から醒めたところで、話を聞いた。

安積係長が、殺人、強盗、強姦、そして傷害未遂について追及すると、すぐにすべてを認めたという。

最後の傷害未遂事件については、自分が被害者となることで、捜査を撹乱しようとしたのだと自ら語ったそうだ。だが、思ったより傷が深くて、それ以上の偽装と逃走を諦めたのだという。

まさか、被害者と思われていた男が、すべての事案の犯人だとは思わなかった。桜井は、こんがらかっていた釣り糸が、すうっと解けていくような、あの瞬間を思い出していた。不思議な体験だった。

逮捕令状の請求、発行、そして、その執行を終え、送検を済ませた日、桜井は須田に、こう話しかけられた。

「今回は桜井の読みが的中したな。たいしたもんだ」

桜井はこたえた。

「村雨さんに、忙しいときこそ、ゆっくり考えろと言われたんです」

「村チョウに……?」

「ええ。最初は、ただ慌ただしさに流されているだけだったんです。とてもゆっくり考えることなんてできないと思っていました。でも、だんだんと気分がスローダウンしてきて……。そうしたら、今までごちゃごちゃだったものが、すうっと整理されていったんです」

「実はね、俺も、村チョウに同じことを言われたことがあるんだ」

「須田さんもですか」

そういえば、須田はときおり、仏像のような半眼(はんがん)で考え込むことがある。まるで瞑想(めいそう)をしているような表情だ。

そういうとき、彼も気分をスローダウンさせているのだろうと、桜井は思った。

村雨のたった一言が、大きな成果を呼んだ。

さすがにベテランは違う。

村雨と桜井は、師弟のようなものだ。今のうちに貪欲(どんよく)に師匠から学んでおかなければならない。

それが弟子の役目なのだ。

桜井は、改めてそう思っていた。

# ダ・カーポ

# 1

どちらの情報が、より信憑性があるだろう。

村雨は、冷静に考えようとしていた。

夜の十時半頃、人が倒れているという通報があった。

村雨が現着したときには、すでに安積班の他のメンバーが顔をそろえており、安積係長も来ていた。

地域課係員が、マスコミと野次馬の整理をしていた。

被害者は、救急車で運ばれた。発見されたときは意識がなかったが、救急隊員の呼びかけで意識を取り戻していた。診察と検査の結果、命には別状がないということだった。

頭を殴られて意識を失っていたようだ。この被害者は運がいい、と村雨は思った。

意識を失うほど頭を強打された場合、死亡することも珍しくはない。この被害者は、脳震盪で済んだ。

おかげで、傷害致死や殺人にならず、傷害事件で済んだわけだ。もし、人が死んでいたら、警視庁本部捜査一課から捜査員がやってきて、捜査本部が設置されることになっただろう。

傷害事件なので、所轄に任されることになった。村雨と桜井が、病院で直接話を聞いた。

歩いていたら、突然衝撃を受けて、意識を失ったという。財布は盗られておらず、中の現金もそのままだったようだ。

物盗りの犯行ではない。

では、怨恨か。その点について尋ねたが、心当たりはないという。

村雨が見たところでは、嘘は言っていない様子だった。

被害者の氏名は、西原喜一。年齢は、二十三歳だ。職業を尋ねると、アルバイトをしているとこたえた。

ファストフードのチェーン店のバイトで、襲撃されたのも、その帰り道だということだった。

現場は、お台場の中心部を縦横に走る遊歩道のある公園だ。アルバイトをしているというファストフード店からりんかい線東京テレポート駅に向かう途中に当たる。

髪は、長くもなく短くもなく、これといって特徴があるわけではない。どちらかというと地味な印象の人物だった。

見た目からは、不良や半グレの抗争とも思えない。

村雨は確認した。

「犯人に心当たりはないんですね?」

西原はこたえた。

「ありません。なんで、俺がこんな目に遭わなきゃならないんですかね……」

「お金は盗られていないようですが、他に何かなくなったものはありませんか？」

西原は、首を傾げてから、顔をしかめた。頭が痛んだのだろう。頭だけではない、頸や肩も硬直しているはずだ。

人間は、頭部や顔面に衝撃を受けると、反射的に頸部や肩に力が入り、硬直してしまう。

西原が質問にこたえた。

「さあ、特になくなったものはないと思いますが……」

村雨はうなずいた。

犯行の目的がわからなかった。ギャングや暴走族、半グレといった連中の抗争でないとしたら、いったい原因は何だろう。

そんなことを思いながら村雨は、桜井とともに署に引きあげた。それが、午前零時頃のことだ。

報告を済ませると、安積係長が言った。

「あとは明日にしよう。帰っていいぞ」

気をつかってくれたのだと、村雨は思った。安積班の中で家族とともに暮らしているのは村雨だけだ。

安積は離婚して、目黒区のマンションで一人暮らし。水野も一人暮らしだ。須田、黒木、桜井は、独身寮に住んでいる。

「一刻も早く、犯人の目星をつけたほうがいいんじゃないでしょうか」

村雨は安積に言った。「時間が経てば、それだけ証拠も目撃情報も減ります」

安積が言った。

「帰れるうちに帰っておけ」

「いえ、自分はだいじょうぶです」

そのうちに、須田、黒木、水野の三人が戻って来た。現場付近で目撃情報を集めていたのだ。

須田が報告した。

「事件発生と思われる時刻に、現場付近から逃走する男の姿を目撃した人がいました」

須田によると、目撃されたのは、髪が長く、長身の若い男だったという。その男性は、遊歩道を、西に向かって走って行ったということだ。

続いて、水野が言った。

「別の目撃情報があります。やはり、事件発生時と思われる時刻に、現場から逃走した人物がいたというものです」

水野が聞いた話では、グレーのパーカーのフードをかぶった人物が、現場近くに駐めてあった車に乗って逃走したという。

「その人物は、金属バットのようなものを手にしていたということです」

村雨は、それらの話を聞いて、眉をひそめた。

「被疑者が二人いたということか？」

そう尋ねると、須田も水野もかぶりを振った。

須田が言った。

「目撃者によると、犯人は一人だったということだよ」

水野も同様に言う。

「こちらの目撃者も、犯人は一人だけだったと言っています」

村雨は二人に尋ねた。

「目撃情報が食い違っているのは、どういうわけだ？」

「さあ……」

須田が首を傾げる。「俺は聞いたままを報告しているだけですから……」

水野が言った。

「こちらも同様です」

村雨は、二人に尋ねた。

「嘘をついているような様子はなかったか？」

須田が、驚いた表情をみせる。

こうした表情が、おそらく演技であることを、村雨は知っていた。

須田は、本当に驚いているわけではない。こういう場合は、そういう表情をすることが正しいと考えているのだ。

「嘘をついているだって？　そんなこと、考えもしなかったよ」

「つまり、そういう様子はなかったということだな？」

須田は、わざと間抜けな振りをする。もしかしたら、それが彼の身を守る術なのかもしれない。

太った間抜けな刑事など、誰もライバル視しない。注目もされない。そういう状況を作っておいて、自分のペースを守ってきたに違いない。

本当の須田は、きわめて有能な男だ。須田の意に反して、安積班のメンバーは全員そのことを知っている。

だから、村雨は須田の言葉を疑わなかった。

水野が言った。

「私も、相手が嘘をついているとは思いませんでした」

村雨はうなずいた。

水野は、もと鑑識係員だ。彼女の観察眼は信頼していい。

だが、人を見る眼はあるだろうか。刑事としては、それが一番重要なのだ。鑑識の眼と捜査員の眼は違う。

そこで、村雨は、つとめて冷静になろうとしたのだ。

どちらの情報が、より信憑性があるだろう。

村雨は、それを冷静に判断しようとしたわけだ。

「二つの目撃情報が食い違う理由は何だ？」

村雨が、独り言のようにつぶやくと、安積係長が言った。

「二人の目撃者の素性は？」

須田がこたえた。

「俺が話を聞いたのは、コンビニのアルバイト店員です。氏名は、半田吉彦。年齢は、二十六歳です」

水野が言う。

「私のほうは、飲食店の従業員です。イタリアンレストランのウェートレスです。氏名は、仲田秋江。二十八歳です」

「被害者との関係は？」

須田が即座にこたえた。

「本人は、何も関係ないと言っています。通りかかっただけだと……」

水野が言った。

「被害者との関係は、まだ確認していません」

安積がうなずいて言った。

「いちおう、洗ってみてくれ。被害者と何か関係があるとしたら、嘘をついている可能性が強い」

須田が言う。

「つまり、どちらかが嘘をついているということですか？」

安積係長がこたえる。

「まだ、何とも言えんよ。だから、洗ってみるんだ」

「わかりました」

村雨は、須田と水野の二人に尋ねた。

「詳しい話を聞きたい。須田が話を聞いた目撃者は、犯人が徒歩で逃走したと言ったんだな?」

「そうだよ」

「長身で長髪の男が、遊歩道を西に向かって走って行ったと……」

「そう」

「凶器は手にしていなかったのか?」

「凶器の話はしていなかったね」

「現場付近で凶器は発見されていない……」

須田が思案顔になった。

「犯人が凶器を持ち去ったと考えるべきだね」

二人の話を聞いて、水野が言った。

「私が話を聞いた目撃者は、犯人が、金属バットのようなものを手にしていたと言っているわ」

村雨は水野に言った。

「その点は、考慮に値すると思う」

須田が言った。

「凶器は何だろう……」

村雨は、しまったと思った。

「病院に行っていながら、医者から詳しい話を聞いて来なかった。俺の落ち度だ」

須田は慌てた様子で言った。

「落ち度だなんて、誰も思っていないよ。意識が戻ったんだから、被害者から少しでも多くの情報を得ようとするのが当然だよ」

本心だろうか。

村雨は、ふと思った。

もちろん、本心だと考えるべきだ。だが、須田は油断のならないやつだ。発言とはまったく裏腹のことを考えていることがある。

村雨は言った。

「明日、また病院に行って、凶器がどんなものだったか、詳しく訊いてくる」

須田が言った。

「そうだね……」

いっしょにいた桜井が責められるようなことがあってはいけない。

村雨は、咄嗟にそう考えていた。桜井に責任はない。すべて村雨の責任なのだ。

安積が話題を変えた。

「現場から西へ向かったということは、ゆりかもめの船の科学館駅に向かった可能性が大きいな」

須田がうなずいた。

「そうですね」

「では、目撃情報と一致する人物が駅などの防犯カメラに映っていないか、確認してくれ」

須田がこたえた。

「了解しました」

村雨は、安積係長に尋ねた。

「地域課や交通課から、不審者の情報はありませんか？」

「何も知らせはない」

須田が言った。

「じゃあ、防犯カメラの映像を収集しに行ってきます」

安積が、わずかに顔をしかめた。

「おい、もう夜中の一時だ。今から駅に行ったところで、映像は手に入らないぞ」

「コンビニなら、人がいるでしょう」

「明日でいい。今日はもう、みんな帰るんだ」

「でも、時間が経てばそれだけ、犯人は遠くに逃げますよ」

「被害者が発見された時点で、すでにお台場を離れているかもしれない。とにかく、今日は、帰るんだ」

村雨は言った。

「被害者を診た医者は、おそらく当直でしょうから、今日のうちに会っておいたほうがいいと思いますが……」

安積係長が言った。

「とにかく、今日は帰れ。すべては明日の朝だ。いいな」

須田たちは、帰宅した。

村雨一人が残っていた。安積が、村雨に言った。

「どうした？　俺は帰れと言ったんだ」

村雨はこたえた。

「今からじゃ、電車もありません。須田たちのように徒歩で帰れるわけではありませんので……」

「水野のようにタクシーで帰ればいい」

「家族持ちには、そんな贅沢は許されませんよ」

「家族持ちだからこそ、帰るべきなんだ」

村雨には、安積の言っていることがよくわかった。部下に自分の轍を踏ませたくないということだろう。

安積係長は、妻と離婚した。一人娘は、妻といっしょに住んでいる。離婚の原因が何だったのか、詳しく聞いたことはない。

だが、安積係長を見ていれば、だいたい想像がつく。

彼は、何よりも仕事を優先する人間だ。責任感が強く、部下の面倒見がいい。その持ち味を家庭では発揮できなかったということだろう。

刑事なら多かれ少なかれ抱えている問題だ。公務を取るか家庭を取るか。

安積の性格からすると、どう考えても警察の仕事を取るだろう。

今の安積ならば、うまく両立させられるかもしれない。安積も若かったのだろう。もともと、それほど器用な人間ではない。経験不足による能力の限界は、そのまま人間関係の歪み（ゆが）となることがある。

それがわかっているからこそ、村雨は、安積を助けたいと思う。安積は、部下にとっては防波堤だ。身を挺（てい）して部下を守ろうとしている。

安積班の中で、係長を助けられるのは、自分しかいないという自負がある。

安積が、須田の有能さを買っているのはよくわかっている。須田は、普通の刑事とは違う視点を持っている。その点は、村雨も評価している。

だが、警察組織の中で須田が安積を守れるかというと、それはおそらく無理だろう。須田が安積に助けられるケースが多いのだ。

警察は役所だ。そして、法や規定に則って行動しなければならない。煩雑な手続きや約束事が山ほどある。

安積ができるだけそうしたものに煩わされないようにするのが自分の役割だと、村雨は思っていた。

村雨は言った。

「ソファで寝ます。ご心配なく。係長はお帰りください」

「部下が残っているのに、帰るわけにはいかないな。それに、自宅に帰っても誰かが待っているわけじゃない」

「自分はだいじょうぶです。当直と同じことですから……」

「そうか」

安積は、ようやく村雨の言うことを聞き入れる気になったようだ。「じゃあ、後はよろしく頼む」

安積は、帰り支度を始めた。村雨は、ほっとした。自分の役割が果たせたと感じた。

安積が帰ると、ソファに移動して、今日の事件のことを思い返した。

須田と水野の聞き込みの結果が食い違っている。

二人の目撃者のうち、どちらかが間違っているのだろうか。二人とも、現場から逃走する人物を見たと言っているに過ぎない。

それが犯人とは限らない。

だが、二人が男を目撃したのは、ほぼ犯行時刻と考えていい。そして、その男は、犯行現場から逃走している。

事件と何らかの関わりがあると考えるべきだ。

……とすると、襲撃犯が二人だったということだろうか。

それは充分に考えられる。だが、二人が別々に逃走したのはなぜだろう。捕まるのを恐れて、二手に分かれて逃走したということだろうか。

そこまで考えて、二人の証言が不自然なことに気づいた。

襲撃犯が二人だったとしたら、現場から同時に逃走したはずだ。二手に分かれたとしても、目撃者は、その二人を目撃していなければおかしい。

犯人が、わざわざ時間差をつけて逃走するはずがないと、村雨は思った。二手に分かれるにしても、現場付近にいたとしたら、二人の姿が眼に入るはずだ。

襲撃犯は、二人だったのだろうか。それとも、一人だったのか……。

もし、一人だったとしたら、目撃者のどちらかが不確かな情報を提供したことになる。

しかし、それを責めることはできない。善意による協力に過ぎないからだ。

だが、故意に嘘をついていたとしたら、話は変わってくる。そこに何か理由があるはずだからだ。

須田の洞察力はあなどれない。彼が嘘を見抜けないとは思えない。だからといって、水野の情報が誤りだとも思えない。

安積係長は、どう考えているのだろう。

村雨は、ふとそんなことを思った。そして苦笑した。

係長を守るのは俺だと言いながら、結局俺も係長を頼りにしている。今さらながら、そう気づいたのだ。

とにかく、一人で考えていても結論は出ない。明日、みんなに話してみよう。

村雨は、朝まで眠ることにした。

## 2

村雨は、みんながやってくる前に病院に出かけて、当直だった医者に話を聞いた。被害者の西原を診察・治療した医者だ。

彼は当直明けで、そのままその日の仕事に就くという。警察よりもきついと村雨は思った。警察官は、当直の翌日は明け番になる。

「被害者の容態はどうですか？」

村雨が尋ねると、医者がこたえた。

「安定しているはずです」

「はず……？」

「特に知らせがありませんでしたから……。急患が次々やってくるので、一人の患者に付きっきりというわけにはいかないんですよ」

医者は言い訳をしたが、それについて、特に文句を言うつもりはなかった。

「質問したいことが、二つあります」

「何でしょう」

「凶器はどんな物だったのでしょう？」

医者は首を捻った。

「さあて……。そういうことを調べるのは、警察の仕事じゃないんですか？」

「死体の検分ならやります」

「そうですね……。ちょっと特徴のある傷ですね」

「どういう特徴です？」

「患者は脳震盪を起こして、意識を失っていました。にもかかわらず、頭部の外傷がひどくない。普通、脳震盪を起こすほど強く殴られたら、頭皮に裂傷が残るはずなんです」

医者が言うことは納得できた。頭部を鈍器などで殴られると、必ず出血する。考えられることは一つだ。固くない物で殴打されたということだ。

外傷を与えず、脳に衝撃を与える武器がある。ブラックジャックと呼ばれる武器で、革袋にぎっしり砂や鉛の粒、コインなどを詰めたものだ。

被害者はおそらく、そのような武器で殴られたに違いない。

「犯人は、何人だと思いますか？」

「それは、私にはわかりかねますね。しかし、殴打の跡は、右側頭部から後頭部にかけての一カ所だけ。複数の犯行なら、もっと傷がたくさんあったんじゃないかと思いますが……」

これも納得できる話だったし、被害者の供述とも矛盾しない。西原は、突然衝撃を受けて、それから救急隊員に声をかけられるまで、ぽんと時間が飛んでいると言った。

背後からいきなり殴られて気を失ったに違いない。

相手は、そっと背後から忍び寄り、狙いすまして一撃を見舞った。そう考えると、単独犯の可能性が高いように思えた。

「金属バットなどでできた傷ではないのですね？」

医者はかぶりを振った。

「金属バットで頭部をあれほど強く殴ったら、裂傷ができて、へたをすれば頭蓋骨の陥没骨折ですよ」

村雨は礼を言って、署に戻った。

「単独犯……？」

須田が、眉間に皺を刻んで言った。

村雨が病院から戻ったのは、ちょうどみんなが登庁してくる頃だった。

そこで、村雨は、昨夜考えたことを話した。それに対して、真っ先に発言したのは、須田だった。

「俺も、あれからいろいろ考えたんだよね。俺が話を聞いた半田吉彦が見たのと、水野のほうの目撃者の仲田秋江が見た人は、明らかに別人だ。そこから、俺は、複数の犯行だったんじゃないかって思ったんだけど……」

村雨は、かぶりを振って、昨夜考えたことをさらに話した。犯人が二人いたとしたら、目撃者は、その二人を見てないとおかしい。片方だけを目撃するというのは不自然だということを説明したのだ。

須田は、半眼(はんがん)の仏像のような顔になった。彼が本気で考えはじめたときの顔だ。

村雨はさらに言った。

「今朝、医者から話を聞いてきた。被害者が受けた傷は一つだけ。つまり、犯人は一撃見舞って逃走したということだ。複数犯なら、ぼこぼこにしていたんじゃないか?」

須田が半眼のまま言う。

「単独犯でも、一撃というのは珍しいな……」

「よほど、使った武器に慣れていたんだと思う。自信があったんだ」

「なるほど、単独犯か……。じゃあ、どちらかの目撃者は、まったく事件と関係のない人物のことを話したってことになるけど……」

水野が言った。

「勘違いってこともあるでしょう」

村雨は言った。

「その可能性は否定できない。だが、犯行時刻の頃に、現場から逃走したように見える人物を見たというんだ。勘違いではないと、俺は思う」

「勘違いでなかったら、二人のうちどちらかが、嘘をついているということ？」

「あるいは、両方が……」

須田が言った。

「整理してみよう。目撃者である、半田吉彦と仲田秋江の証言が食い違う。彼らは犯行現場から逃走する人物を見たと言っているけれど、半田は、長髪、長身の若い男が、徒歩で西に逃走するのを見たと言っているし、仲田のほうは、パーカーのフードをかぶった男が近くに駐めていた車に乗って逃走したと言っている。しかも、こっちは金属バットのようなものを持っていた……」

安積係長も含めて、係員たちが須田の言葉に聞き入っている。

須田が続けて言った。

「二人の証言が食い違うのは、犯人が二人組で、それぞれが別の犯人を見たからじゃないかと、俺は考えた。でも、村チョウは、それは不自然だと考えた。二人組の犯人を目撃するなら、その二人を同時に目撃していないとおかしい……。そういうことだね？」

村雨はうなずいた。

「そうだ」

「そして、村チョウは、病院で話を聞いてきた。被害者が受けた攻撃は一度だけ。その事実も単独犯の犯行であることを裏付けているように思える、と……」

村雨は言った。

「そう。さらに言えば、その一撃には特徴がある。普通、気を失うほど強く頭部を殴られたら、必ず裂傷ができる。被害者の頭部には裂傷がなかった」

水野が眉をひそめた。

「どういうこと……?」

須田が言った。

「ブラックジャックだ」

村雨は須田にうなずきかけた。

「そうだと、俺も思う」

「じゃあ……」

水野がさらに難しい顔になって言う。「嘘をついているのは、仲田秋江のほうということになるわね。凶器は金属バットではなかったということだから」

村雨は、水野に言った。

「どうかな……。もしかしたら、金属バットに厚手のタオルなどを巻き付けて殴れば、同じような結果になるかもしれない。要するにある程度重くて柔らかいもので殴れば同じ結果になるんだ」

安積が言った。

「目撃証言の裏を取るんだ。昨夜指示したとおり、須田は防犯カメラの映像を解析しろ。他の者は聞き込みだ」

須田がみなを代表してこたえた。

「了解しました」


その日一日かけて聞き込みを行ったが、目ぼしい情報はなかった。

夜の八時を回った頃、係員が顔をそろえたので、安積が須田に尋ねた。

「防犯カメラの映像はどうだ？」

須田は、悲しげにかぶりを振った。やはりテレビドラマで見るような表情だった。

「だめですね。目撃情報に合致する人着（にんちゃく）の人物は発見できません」

「駅やコンビニもだめか……」

「途中でタクシーに乗ったのかと思い、そちらも手配していますが、今のところ、情報なしです」

「他に、犯人に関する同じような目撃情報はなかったんだな？」

その質問には、村雨が代表してこたえた。

「ありません。目撃情報は、二件だけです」

安積係長が、つぶやくように言った。

「どちらの目撃証言も、裏が取れないということか……」

村雨は、違和感を覚えていた。

通常ならば、目撃情報を裏付ける防犯カメラの映像や、他の目撃情報が見つかり、それが手がかりとなって、被疑者が特定され、身柄確保となる。

犯人は、必ず遺留品を残したり、人に姿を見られたり、映像に残っていたりするものだ。

村雨は安積に言った。

「似顔絵を描いて、手配したらどうでしょう?」

それにこたえたのは、安積ではなく須田だった。

「残念ながら、半田吉彦は、逃走する人物の顔を見ていないんだ。後ろ姿を見ただけということなんだ」

村雨は水野に尋ねた。

「そちらはどうだ?」

「同じです。犯人はパーカーのフードをかぶっていたので、顔は見えなかったと言っています」

村雨は、また違和感を覚えた。目撃情報が次につながらない。捜査がそこの段階で、ぷつりと切れてしまっている。

被害者は、後ろから襲撃されて、一撃で気を失った。だから、当然犯人を見ていない。

村雨は言った。

「目撃情報以外の手がかりは、凶器の線だけですね……」

安積が言った。

「ブラックジャックか……。同様の手口がないか、調べてみてくれ」

村雨はうなずいた。

「了解しました」

桜井がすぐにその作業に取りかかった。

すでに午後八時半になろうとしている。誰もが今日のうちに目処(めど)をつけたいと考えているはずだ。

一日経てば、それだけ手がかりが見つかりにくくなる。証拠も証言も、時間が経てばそれだけ少なくなっていくのだ。

傷害事件等で、過去にブラックジャックのような凶器を使用した事例が、二百件以上あった。

その中から被疑者を絞り込むしかないか……。

村雨は長期戦を覚悟した。地道に犯人を追い詰めていくしかない。

須田がぽつりと言った。

「なんか、行き詰まったみたいですね」

村雨も実は同様に考えていた。目撃情報が次につながっていかない苛立(いらだ)ちを感じていたのだ。

安積が須田に言った。

「こういうときは、どうしたらいいと思う？」

須田は、突然指名された学生のような表情になった。

「ええとですね……。振り出しに戻ることですかね……」

「そのとおりだ。村雨、振り出しに戻ってまずやるべきことは何だ」

それについては、ずっと考えていた。村雨はこたえた。

「二人の目撃者の証言が信頼できるかどうかを確かめることですね。誤情報に振り回されるわけにはいきません」

安積はうなずいた。

「彼らは、通りかかっただけで、被害者の西原喜一とは、何の関係もないと言っている。だが、それが本当かどうか確かめなければならない。水野、被害者と目撃者の関係は？」

「直接の関係はありませんね。周辺を洗う必要があると思います」

目撃者を洗うのは鉄則だ。やはり基本をおろそかにはできないということか……。

村雨は思った。捜査に進展がないことに苛立つあまりに、足元を見失っていたかもしれない。

九時を過ぎていたが、そんなことを気にする者は一人もいない。須田と水野は、それぞれ半田吉彦と仲田秋江のもとに急行した。

他の者は、二人の周辺を洗うことになった。桜井は、手口捜査を継続した。ブラックジヤック関連の事例を絞り込むためだ。

村雨は、病院に向かい、被害者の西原喜一にもう一度話を聞くことにした。

「消灯は十時ですから、話があるならそれまでに切り上げてください」

看護師が厳しい表情で言った。向こうも仕事だろうが、こちらも仕事なのだ。

「十時までですね。わかりました」

村雨が訪ねて行くと、西原喜一はイヤホンを使ってテレビを見ていた。

「犯人が見つかったんですか？」

「いえ、そうではなく、もう一度話をうかがいたいと思いまして……」

西原は、怪訝（けげん）な表情になった。

「後ろから襲撃されて、突然何もかもわからなくなったんです。何も覚えてませんよ」

「どんなことでもいいんです。思い出したことはありませんか？」

「ありませんね」

「あなたは、公園の遊歩道で倒れていたのですが、なぜそこにいたのですか？」

「帰り道だからです」

「東京テレポート駅に向かっていたのですね？」

「そうです」

「誰かにつけられたというようなことはありませんか？」

「気づきませんでした」

「半田吉彦という名前に心当たりはありませんか？」

「ハンダヨシヒコですか？　いいえ知りません」

「仲田秋江は？」

「知りません」

　嘘をついているようには見えなかった。

　西原は何も知らないのかもしれない。そろそろ十時になるので、質問を切り上げようかと思った。

　そのとき、携帯電話が振動した。安積からだった。

「村雨です」

「今、黒木から知らせがあった。被害者の西原喜一と目撃者の仲田秋江との共通の知人らしい人物が見つかった。仲田秋江と同じレストランで働いている島本(しまもと)みのりという女性だ。西原に当たってみてくれ」

「了解しました」

　村雨は、携帯電話を切ると、西原に尋ねた。

「島本みのりという女性に心当たりはありませんか？」

　西原の表情が変わった。即答できずにいる。知らん振りをするか、正直にこたえようか迷っているのかもしれないと、村雨は思った。

「刑事さん、時間ですよ」

看護師がやってきて告げた。村雨は、かまわずに西原だけを見つめて尋ねた。

「どうなんです？　島本みのりを知っているのですか？」

「刑事さん」

看護師の苛立った声。村雨は動じない。

やがて、西原が言った。

「俺がバイトしている店の近くにあるイタリアンレストランで働いている子です。何度か声をかけたことがあるんです」

「声をかけた？」

西原は、ふてくされたような態度になった。おそらくは照れ隠しだ。

「うまくいけば、付き合えるかもしれない、なんて思ってたんですが……」

「何度くらい声をかけたんですか？」

「三回、いや、四回くらいかな……」

「相手の反応は？」

「だから、うまくいかなかったんですよ。ねえ、刑事さん、これって事件と関係あるんですか？」

「関係あるかもしれない。それをこれから調べてみる。遅くに済まなかったな。休んでくれ」

戸口で腕組みをして睨みつけてくる看護師を一瞥して、村雨は病室を出た。仕事熱心であることを褒めてやろうかと思ったが、やめておいた。

その日のうちに、捜査は急展開した。

黒木の知らせを受けて、安積が島本みのりに話を聞いた。

島本みのりは、西原をストーカーと認識していた。それで、同じウェートレス仲間である仲田秋江に相談したことがあると言った。

そのとき、仲田秋江は、「そんなやつ、とっちめてやるから、私に任せておきな」と言ったそうだ。

水野がそれを受けて、仲田秋江を追及した。すると、彼女は知り合いである半田吉彦に西原の襲撃を依頼したことを自白したという。

二人は、中学時代の知り合いで、当時二人は、かなり荒れた生活をしていたという。

仲田秋江と半田吉彦は、それぞれ目撃者となってでっちあげの情報を警察に提供することにした。捜査の攪乱を狙ったのだ。

桜井の手口捜査の資料の中に、半田吉彦と関わりのある人物が見つかった。おそらく半田はその人物からブラックジャックの使用法を伝授されたのだろう。

仲田秋江と半田吉彦の身柄を署に運び、詳しく事情を聞いた。

もし、西原が軽傷だったら、説教をして済ませる類の事案だったかもしれない。だが、手口が悪質であることから、安積係長は、半田吉彦を傷害罪で、また仲田秋江を教唆犯として送検することにした。

送検手続きのための書類を書き上げると、夜が明けていた。

村雨は、疲れていたが、充実感を味わっていた。

須田がコーヒーをすすってから言った。

「しかしなあ……。目撃者を洗えっていう鉄則は、やっぱりおろそかにできないもんだよなあ……」

水野が言う。

「誤情報に振り回されるところだったわね」

二人の話を聞きながら、村雨は思った。

捜査がまったく進展しなくなることは珍しくない。捜査員たちは、停滞する状況にもがき苦しむ。

そのときに、振り出しに戻るという決断を下せる者は少ない。誰もが、一歩でも先に進みたいと思うからだ。

安積係長は、その決断を下した。さすがだと、思った。

その安積が言った。

「さあ、眠れるうちに少しでも眠っておけ」

まずは、安積が眠れる場所を確保しよう。それが俺の役割だと、村雨は考えた。

そう。安積は部下を守ってくれる。安積を守るのは、俺の役目なのだ。
村雨は密(ひそ)かに、その決意を新たにした。

# シンフォニー

# 1

「火事だって……？」

石倉進は、腕時計を見た。いつの間にか、腕時計をしたまま寝るのが習慣になっていた。たいていの人は、その話を聞いて驚くが、慣れれば違和感はなくなる。

当番の係員から携帯電話にかかってきたのだった。石倉は言った。

「すぐに臨場する。場所はどこだ？」

「いや、係長がいらっしゃらなくても……。いちおう、規定どおり知らせただけです。自分らでだいじょうぶですよ」

「そうはいくか」

石倉は、現場の位置をメモしてすぐに自宅を出た。

こうやって、夜中に出かけていくことは珍しくない。妻をいちいち起こしたくないので、寝室は別にしていた。

別に夫婦仲が悪いわけではない。二人で相談して決めたことだ。娘も嫁に行き、家が広くなったし、今さら同じ寝室にいる必要もない。

現着したのは、午前二時を少し回った頃だった。

火事があると、放火かどうかを調べるために、所轄署の強行犯係と鑑識係が臨場しなければならない。

消防署と共同で現場を保存し、現場検証をやる。

石倉は、現場を封鎖している係員たちに声をかけた。

「どんな様子だ？」

「あ、係長。今、消防署員が現場のチェックをしています。許可が出たら、現場を見に行きます」

「強行犯係は？」

「もうじき来ると思います」

「今日はどっちだ？」

東京湾臨海署(とうきょうわんりんかいしょ)には、強行犯係が二つある。そのどちらが当番かと尋ねたのだ。

「第二です」

「相楽(さがら)班か……」

夜中に叩(たた)き起こされて、眠い思いをして、まだ煙が漂う火事場にやってきた。火事の現場というのは辛(つら)いものだ。

ひどい異臭がするし、足元はすすや灰が溶けた水でどろどろだ。しばらくいると、喉(のど)がひりひりしてくる。

どう考えても健康によくない。焼死体でも出た日には、最悪の気分になる。

だから、せめて会って気分がよくなるやつと仕事がしたいと思うのは人情だろう。

「そう露骨に嫌な顔するもんじゃないですよ」

「俺は、嫌な顔なんてしていない。仏頂面は生まれつきだ」

係員は笑っていた。

消防署員がやってきて言った。

「鎮火を確認しました。現場に入っていいですよ」

「出火場所は？」

「このマンションの六階です」

石倉はうんざりした気分になった。

「エレベーターは停まっているんだろうな……」

「ええ、停止しています」

階段で六階まで昇るしかない。

息を切らしながら六階まで昇り、消防士たちといっしょに、出火原因に関する証拠品の採取を始めた。

ほどなく、強行犯係の連中がやってきた。

石倉は、彼らに言った。

「誰が入っていいと言った？」

係長の相楽が言った。

「殺人現場じゃないんです。かまわないでしょう？」

「鑑識がいいと言うまで、刑事は現場に入らない。それが約束事だ。どんな現場でもそれは変わらない」

相楽は、むっとした顔になって言った。

「それは、時と場合によるんじゃないですか？」

「鑑識の言うことは聞きなよ。俺たちがいないと、証拠不充分で起訴できるものもできなくなるよ。それにな……」

「何です？」

「火事場は危険だよ。俺たちが見て回った後にしたほうがいい」

相楽は鼻白んだ表情で黙り込んだ。

いい子だ。おとなしくしていろ。

石倉は、心の中でそうつぶやいていた。

写真を撮りおわり、火元と思われる場所から、証拠品になりそうなものを採取した。石倉は、廊下で待っていた相楽に言った。

「待たせたな」

「それで、火元は……？」

石倉は、部屋の奥を指さした。おそらく寝室だった場所だ。

「失火だな。ベッドで煙草（タバコ）でも吸ってたんだろう。ここの住人は？」

「逃げ出して無事です。独身女性で、ボーイフレンドが泊まっていたらしい」

「煙草のこと、訊いてみな」

相楽がうなずいた。

「わかりました」

鑑識係員は、署に戻ってすぐに証拠品の仕分けをし、写真をプリントアウトしなければならない。

今日の事案は、今日のうちに片づけなければならない。明日は明日の事案が待っているのだ。

係員の一人が言った。

「係長は、お帰りになってください。もう一眠りできますよ」

「そうはいかないと言ってるだろう」

「無理はしないでください。俺たちは休んでも誰かがカバーしてくれますが、石倉係長は一人しかいないんですよ」

こいつはなかなか泣かせることを言う。

石倉はこたえた。

「じゃあ、お言葉に甘えるとするか……」

後のことは係員たちに任せて、石倉は帰宅することにした。

自宅に戻ると、すぐにベッドにもぐりこんだ。そして、目覚ましが鳴るまでぐっすりと眠った。

## 2

帰宅してベッドに入ったのが、午前四時頃だった。午前七時に目覚ましをかけているので、三時間ほど眠ったことになる。

昨夜は午後十一時頃に就寝し、午前一時半頃に電話で起こされたので、合計で五時間半は眠ったことになる。

細切れの睡眠時間を合計して意味があるのかどうかわからない。五時間以上眠ったという気休めにはなるだろう。

だが、体は正直だから、どう考えても寝不足だ。

警察官は、みんな寝不足に強いと言われているが、それはただ慣れるだけのことだ。

地域課係員をやっているときは、三交代、あるいは四交代で、週に二度は夜勤がある。日勤の部署になっても、当番で泊まり込みがある。

石倉たち鑑識係は、日勤だが、ほとんど勤務時間など関係ない。全員が連日残業をしているし、今日未明のように夜中だろうが明け方だろうが現場に駆り出される。

捜査員たちは、被疑者に自白を迫る。起訴のためには自白が何よりだと考えているのだ。だが、自白だけで公判を維持できるわけではない。

物的証拠が必要なのだ。そして、その証拠集めと分析を担当しているのが鑑識係だ。鑑識がいなければ、捜査員たちは被疑者を一人だって起訴することはできないのだ。

だから石倉は、鑑識という仕事に誇りを持っていた。

そして、どんなにつらくても、ただ黙々と仕事をする部下たちを誇りに思っていた。

その日も朝から忙しかった。

朝一番で、盗犯係（とうはんがかり）から呼び出しがあった。事務所荒しがあったとかで、指紋や足跡の採取をしてほしいというのだ。

係員たちは、昨夜の当番から引き継いで、火事の現場から採取された証拠品の分析を続けていた。

「おい、盗犯係から依頼だ。指紋・足跡等（とう）の採取。何人か付いてきてくれ」

石倉は出かけて行った。

事務所荒しの現場は、署からそれほど離れていないオフィスビルの一室だった。

刑事たちなら徒歩で行くだろう。だが、石倉たちには鑑識車がある。その点だけは優遇されているな、と石倉は思う。

ただし、鑑識車は係員のためというより、機材を運搬するためにあるのだが……。

すでに盗犯係の木村（きむら）係長が臨場して、石倉たちの到着を待っていた。

木村係長が言った。

「昨夜、盗みに入られたらしい」

石倉は言った。

「こんな立派なビルだったら、セキュリティーもしっかりしてるんじゃないのか？」

木村係長がにやりと笑って言った。

「盗人はな、どんな厳重なセキュリティーができようが、いつかはその隙を衝いて破るんだ。今回も、なぜか警報装置が働かなかった。まあ、これからその手口を調べるがね……」

なんだか、嬉しそうだなと、石倉は思った。

実際に嬉しいのかもしれない。

盗犯係は、プロを相手にしているというプライドがある。いい仕事をしなければプロとは言えない。

石倉は、係員に指示をして、指紋と足跡の採取を始めた。作業には二時間ほどかかった。

指紋や足跡は、採取してからがたいへんだ。

今はパソコンのおかげでずいぶん楽になったとはいえ、膨大なデータベースと照合しなければならない。

きれいな指紋や足跡ばかりとは限らない。ごく一部しか採取できない場合や、こすれてくずれているものもある。

鑑定が難しいからといって投げ出すわけにはいかない。指紋が特定されることで、犯罪の動かぬ証拠になるケースは少なくない。

それくらいに指紋は重要なのだ。

署に戻った係員たちは、さっそくデータベースとの照合を始めた。

時刻は十一時半。今日は、ゆっくり昼飯を食えるかもしれない。

そう思ったとき、変死体が見つかったという知らせがあった。

またすぐに臨場することになった。

場所は、管内のマンションの一室。腐臭がするという、近所の住民の通報で、地域課係員が調べに行った。

部屋に行くと、むっとする悪臭に満ちていた。死後十日から二週間は経っていると、石倉は見て取った。

衣類や髪型からすると、若い女性のようだ。

死因を特定するのは医者の役目だが、長年鑑識をやっていれば見当は付く。外傷はない。だが、自然死とは思えない。

薬物などの事故死の可能性がある。ドラッグの過剰摂取か……。

こちらも、駆けつけたのは第二係の捜査員たちだった。荒川という名の五十一歳の巡査部長がおり、強行犯第二係の中では、比較的話がわかるやつだ。

石倉は、廊下で待っている荒川に声をかけた。

「この部屋の住人なのかい？」

「いや。この部屋を借りているのは男だ」

「だとしたら、事故ではなく、事件だな？」

「殺しってことか？」

　石倉はかぶりを振った。

「それを調べるのは、刑事の仕事だ。まあ、少なくとも、住人でない人物の遺体が部屋に放置されていたんだ。死体遺棄の可能性は高い」

　荒川は考え込んだ。

「外傷はないんだね？」

「見当たらない」

「絞殺や扼殺(やくさつ)ということは？」

「見たところ、そういう証拠はない。俺は薬物だと睨(にら)んでいる」

「薬物に死体遺棄……」

　荒川の脇(わき)にいた日野(ひの)という若いのが口を挟んできた。

「二人で薬物を使用していて、女性が使用量を間違うか何かで死亡した。それで、部屋の住人の男は、慌てて逃げ出した……」

　石倉は日野を見て言った。

「先走るなよ。別の読みだって成り立つんだ」

「例えば、どんな読みです？」

「この女性は、部屋の合い鍵(かぎ)を持っていたかもしれない。別れ話か何かで、部屋の住人と揉(も)めていて、話がこじれた。女は当てつけに男の部屋で服毒自殺を図る……」

そこに相楽がやってきた。

「まだ入れないんですか？」

「もうじき終わるよ」

石倉はそう言って、刑事たちのもとを離れた。

証拠品や写真を山ほど持ち帰り、部下たちはその仕分けを始めた。

新たな仕事がどんどん増えるが、人員が増えるわけではない。何とか回していくしかない。

石倉自身も、証拠品の整理や鑑定を分担した。

あっという間に、終業時間だった。昼飯を食いっぱぐれたことに気づいた。係員が出前を取るというので、カツ丼を注文してもらった。

年を考えると、脂っこいものは体によくないとわかっている。だが、食生活というのは、なかなか変わらないものだ。

食いたいと思ううちは、まだ毒にはならない。そんなことを言ったやつがいて、その言葉を信じることにしていた。

作業が一段落したのは、午後八時頃だった。疲れ果てて帰ろうとしているところに、急ぎの用だと、分析の依頼が持ち込まれた。

病院から、強姦の訴えがあったという知らせがあった。

レイプキットによる採取物が届くという。つまり、体液や陰毛などの証拠物となるものだ。

担当は、強行犯第一係、つまり安積班の水野だという。

いつ何時仕事を持ち込まれても、嫌とは言えない。

水野が、鑑識受付に来て言った。

「申し訳ないけど、急ぎなんです」

石倉は水野に言った。

「俺たちの仕事は、どれも急ぎだよ」

「被害者の精神状態が不安定で、へたをすると訴えを取り下げかねないんです。そうならないうちに、起訴できる材料をそろえないと……」

「おまえさん、元鑑識だからな。無下には断れないな……」

水野が両手を合わせて言う。

「恩に着ます」

石倉は溜め息をついた。

「しょうがない……」

こうして今夜も、係員たちが遅くまで残業するはめになる。

鑑識係員たちを見て、石倉は思う。

こいつらの楽しみは何なのだろう。

毎日残業で、へたをすれば公休日も呼び出される。自分の趣味に費やす時間なんてほとんど皆無に違いない。

よほど仕事が好きでないとつとまらない。鑑識は、技術屋だ。技術の蓄積はそれ自体が喜びだという一面はある。

石倉自身も、これまで夢中で仕事をしてきた。だからといって、今の若い連中にそれを強いるつもりはない。

彼らは、石倉が何も言わなくても、黙々と仕事を引き受けるのだ。部下には、少しでも楽をさせたいと思う。

だから、機会あるごとに、刑事課長には係員を増やしてくれと言いつづけている。副署長や署長と話す機会があれば、そこでも言う。

だが、係長ごときがいくら口を酸っぱくして言ったところで、なかなか人事は動かない。現在、三つの班で回しているが、常にパンク状態なのだ。

上の対応を考えているうちにだんだん腹が立ってきた。ちゃんとした態勢を作らないまま、仕事をどんどん持ち込んでくる。

しわ寄せは全部現場がかぶるのだ。

刑事も忙しいのは知っている。課長や副署長、署長が忙しいのも知っている。だからといって、自分たちがないがしろにされているのは許されない。

東京湾臨海署の鑑識係は、使命感だけでもっていると言ってもいい。

みんなぎりぎりで仕事をしている。いや、限界を超えているかもしれない。彼らはそれでも文句一つ言わないのだ。

結局、その日の当番にすべてを任せて、石倉が帰路についたのは午後十時を回ってからだった。

## 3

翌日も、相変わらず多忙だった。

鑑識にミスは許されない。証拠品の扱いを間違えただけで、起訴できるものが起訴できなくなったり、有罪のはずが無罪になってしまったりする。

係員たちは、みんなそうしたプレッシャーの下で仕事をしている。

石倉も、部下が不始末をしでかさないように注意を払わなければならない。

午前十一時過ぎに、榊原(さかきばら)刑事課長から呼ばれた。

この忙しいのに、何事だ。

鑑識係員は、やりかけの仕事がある場合、呼び出されてもすぐには席を立てない。扱っているのはほとんどが機密に属するものだ。

仕事を中断するにも、ちゃんとした管理をする必要がある。

だから、石倉は電話で課長に言った。

「十分ほど待ってください」

「そう言わずに、すぐに来てくれ」

この言い方に、むかっときた。こちらは、重要な証拠品を扱っているのだ。それを放り出して来いとでも言うつもりか。

「十分後に行きます」

石倉はそう言って電話を切った。

然るべき手続きで、扱っていた証拠品をいったん保管すると、石倉は課長室に向かった。

「お呼びですか？」

課長室には、相楽係長がいた。

嫌な予感がした。

きっとろくな用事じゃない。相楽の顔を見たとたん、そう感じた。

相楽係長が、石倉に言った。

「ずいぶん遅かったですね」

どうやら、相楽は課長が電話をしてきたときから、ずっとここで待っていたらしい。

厭味な言い方だ。

石倉は、腹立ちを抑えながら言った。

「鑑識は、席を離れるにも、いろいろと段取りがあってね。あんただって、大切な証拠をゴミにしたくないだろう」

相楽係長が顔をしかめた。

石倉は、榊原課長に言った。

「それで、用件は何です？」

課長は、言いづらそうに一度咳払い(せきばら)いをした。

「鑑識の対応に不公平があるんじゃないかという意見があってね……」

石倉は、あきれてしまった。あまりに、ばかばかしい話だった。

「それは何の冗談ですか。自分らは、そんな冗談に付き合っている暇はないんですがね……」

榊原課長は、渋面(じゅうめん)を作って言った。

「冗談ならいいと、私も思うよ」

「不公平というのは、どういうことですか？」

榊原課長が、ちらりと相楽を見た。相楽が言った。

「昨日の火事の鑑識報告がまだ届いていません」

「作業中だよ。係員たちは必死にやってるんだ。そうせっつくなよ」

「安積班の結果は、すぐに出たと聞きました」

「そうかい」

「そうかいって……」

相楽がむっとした顔になった。「安積班の仕事を優先的にやっているんじゃないのですか？」

　こいつはいったい、何を言ってるんだ……。

「そんなことを意識したことはないな」

「じゃあ、どうして後から依頼した、安積班の鑑識結果が、我々のより先に出たんですか？」

「それはいったい、何の話だ？　具体的に言ってくれ」

「まず、火事の現場検証の結果です。それから、変死体が発見された件です」

「それらの件は、今大急ぎでやっていると言ってるだろう」

「その二つの事案の後、安積班の水野が、強姦事件の鑑定を依頼しましたね？」

「ああ、持って来た」

「その鑑定結果は、もう出たということですね？」

「ああ、そうなのか？　そいつは早かったな」

「我々が先に依頼しました。しかし、その結果はまだ出ていない。後から依頼した水野の鑑定結果が先に出たのはどういうことですか？」

　だんだん怒りが抑えられなくなってきた。

「内容によって、時間がかかったり、早くできたりするもんなんだよ。水野が持ち込んできたのは、病院のレイプキットを使って採取した証拠品だ。そういうのは手間がかからないんだ」

「DNAの解析なんかには時間がかかるはずです」

「所轄の鑑識でそんなことはやらない。そういうことになったら、警視庁本部の鑑識課か科捜研に任せる。一方、火事場の証拠品だとか、変死体に関わる証拠品なんてのは、鑑定に時間がかかるんだ。火事場の証拠品は熱でひどく変質したり劣化したりしている。変死体は、まず医者に死因を特定してもらわなけりゃならない。薬物の検出なんかは、遺体が回ってきてからじゃないとできない。いいかい、こっちは合理的に段取りを組んで仕事をしてるんだ。妙ないちゃもんをつけないでくれ」

石倉は一気にまくしたてた。

もともと気が長いほうではない。我ながら、よくここまで我慢したものだと思う。いったん怒りが爆発すると、もうおさまりがつかない。

「そんなつまらないことで、わざわざ課長にご注進か？　小学生のガキが先生に言いつけるような真似はやめろ」

相楽が言い返してきた。

「時間がかかる仕事とそうでない仕事があることはわかりますよ。しかしですね、今回のことは氷山の一角なんです。どう見ても、石倉係長は、安積係長をひいきしているように見えるんですよ」

「人に文句を言う前に、そのひがみ根性を直したらどうだ」

「自分が言うことが、事実に反しているというのですね？　では、絶対に不公平はないと言い切れるのですね？」

実は、不公平はある。

正直に言うと、相楽から頼まれた仕事より、安積の仕事を優先したいと思ってしまう。だが、それが人情と言うものだ。

安積との付き合いは長い。

そして、相楽は東京湾臨海署にとっては新参者だ。

しかも、安積に対抗心を燃やして、何かとつっかかるらしい。相楽は、警視庁本部捜査一課からやってきたのだが、本部にいる頃から、いけ好かないやつだと思っていた。

だが、そんなことを正直に言う必要はない。石倉はたてまえを押し通すことにした。

「当たり前だ。不公平などあるはずがない」

「わかりました。今後の動向を見守ることにします」

この物言いに、また腹が立った。

「動向を見守るだって？　そりゃどういう意味だ？　俺たちの仕事っぷりを監視するってことか？　ふざけんな」

「よさんか」

榊原課長が言った。「二人とも大人げない」

石倉は、返す刀で、課長に斬りつけた。

「大人げなくて悪かったですね。だいたい、何度頼んでも、課長はいっこうに鑑識係の人員を増やしてくれない。だから、こんなやつに、ああだこうだと言われるはめになるんです」

苦労人で滅多に声を荒らげることのない榊原課長が、珍しく興奮した口調で言った。

「そう簡単に、人員を増やせるものか。どこの部署でも人手不足だし、どこの署でも人が足りないと言っているんだ。それを言われるままに増やしていったら、東京都の財政はたちまちパンクしてしまう」

「それを何とかするのが、幹部の腕でしょう。課長で埒が明かないのなら、副署長か署長に直談判しますよ」

「直談判だと？　できるものならやってみろ」

「ああ、やりますよ。これまでだって、チャンスがあれば副署長や署長に話をしてきたんです」

「何だって？　私の頭越しにそんなことを話していたというのか？」

「そうですよ」

「私はそんなに頼りない課長か？」

「頼りにしてほしいなら、やることをやってほしいですね。鑑識はパンク状態です。係員は、みんな連日残業をしているし、徹夜だって珍しくはない」

「そんなものは、刑事たちだって同じだ」

「強行犯、知能犯、盗犯、暴力犯、すべての刑事たちが、俺のところに仕事を持ち込むんですよ。そして、みんな急ぎでやってくれと言う」

「それが嫌なら、警察を辞めればいい」

この課長の一言に、石倉は完全に切れた。

「これから署長と話をしてきます。それでだめなら辞めますよ」

石倉は、相楽を睨みつけてから、課長室を出た。

もう怒りは収まらない。

署長室の出入り口の脇に、副署長席がある。いつも、記者がその近くにたむろしている。

石倉は、かまわず副署長席に近づいて言った。

「署長に話があります」

副署長の瀬場智之は、石倉の剣幕に驚いた様子で言った。

「何の用だね？」

「鑑識の人数を増やしてくれという要求です」

瀬場副署長は、驚いた顔のまま言った。

「そんなことを、突然言ってきても……」

「突然じゃありません。前々から言っていることです」

そのとき、記者の一人が声をかけてきた。

「どうしたんですか？　石倉係長。機嫌が悪そうですね」

石倉は、その記者にも嚙みついた。

「ああ、機嫌は最悪だよ。火傷(やけど)するぞ。俺にかまうな」

瀬場副署長は慌てて言った。

「何があったか知らんが、とにかく落ち着いてくれ」

「署長に会わせてください」

「人事のことを要求するなら、それなりの段取りを踏んでくれないと困る。それに、署員を増やすなんて、署長の一存でできることじゃない」

副署長は、記者たちが注目しているのに気づいた。声を落として言った。

「とにかく、今ここでそういう話をすべきじゃない」

「だから、署長室で話すと言ってるんです」

副署長はいきなり居丈高(いたけだか)になった。

「いい加減にしないか、係長。分をわきまえろ」

この言葉が、火に油を注ぐ結果になった。

石倉は、くるりと瀬場副署長に背を向けて、その場を去った。

自分の席に戻ると、石倉は、鑑識係員たちに言った。

「鑑識受付を閉めろ。今日は、もう何も受け付けない」

係員たちが、驚いた顔で石倉を見た。

石倉はかまわず言った。

「今抱えている仕事が終わらなくても、今日は定時で帰宅しろ。残業はするな」

係員の一人が言った。

「あの……。それじゃ、鑑識依頼した連中が大挙して怒鳴り込んできますよ」

「怒鳴り返してやれ」

別の係員が言った。

「俺たちが鑑定結果を出さないと、司法手続きにも支障が出ます」

「そうだよ。俺たちをないがしろにすると大変なことになると、みんなにわからせてやるんだ」

また別の係員が言う。

「え……。それじゃ、ストライキってことですか？」

「仕事を拒否すると言っているわけじゃない。今抱えている仕事は、続けてくれ。ただし、さっきも言ったが、定時までだ。本来、俺たちはそれ以上働く義務はないんだ」

「本当にいいんですか？」

「いいんだ。言うとおりにしろ」

係員たちは、顔を見合った。だが、それ以上誰も何も言わなかった。

石倉は、淡々と仕事を続けた。決して無理はしなかった。

昼食も昼休みも、時間通り取った。

午後になって、盗犯係の刑事が苦情を言いにきた。

「受付開いてないの、どういうことです？」

石倉は言った。

「今日の受付は終わったよ」

「何を言ってるんです。事件は次々に起きるんですよ」

「順番を待つんだな。俺たちにだって限界はある」

盗犯係の刑事は、何を言われたのかわからない、という顔で、しばらく佇んでいた。

「ええと……。いったい、何が起きているんです？」

「何も起きていない。俺たちは、時間通りに勤務して、できる限りの仕事をする。それだけだ」

「何かのお達しがあったんですか？」

警察で何か変わったことがあったら、それは必ず上からのお達しがあったときだ。

石倉はこたえた。

「いいや。俺が決めたことだ」

「冗談じゃないですよ。ちゃんと仕事してくださいよ」

「仕事はしている。こうして無駄な話をしている間も、俺たちの仕事の邪魔をしているんだということに、どうして気づかないんだ？　何かを鑑定してほしいのなら、順番を待つんだ」

その刑事は、顔色を変えたが、頑として態度を変えない石倉との話し合いを諦めたのか、踵を返して去っていった。

そのやり取りを、係員たちが不安そうに眺めていた。

石倉は宣言どおり、定時に当番以外の係員全員を帰宅させた。

「いいか？　データを持ち帰って自宅で作業しようなんてことは考えるな。鑑識のデータはみんな機密だ。署から持ち出したやつは処分するからそのつもりでな」

石倉もその日は、定時で帰宅した。

妻が驚いた顔をして言った。

「何かあったの？」

「何もないから帰ってきたんだ」

「こんなに早く帰ってくるなんて、珍しいこともあるものね」

「今日は、ゆっくりテレビでも観(み)て、のんびり風呂(ふろ)に入る。呼び出しが来ても出かけない」

「そんなことをしてだいじょうぶ？」

「そのために当番がいるんだ」

自宅で夕食を食べるのは、いつ以来だろう。いつも、署で店屋物を食べているのだ。

食後、石倉は、久しぶりにリビングルームでくつろいだ。テレビを眺め、新聞をめくる。

そして、風呂に入り、十一時にはベッドに入った。

# 4

翌朝は、ちょっとした騒ぎになっていた。

まず、昨日クレームをつけてきた盗犯係の刑事と木村盗犯係長がやってきた。

石倉は言った。

「今日はまだ受付が開いている。文句はあるまい」

木村係長が言った。

「まだ開いているというのは、どういうことだ？」

「仕事が溜（た）まったら、すぐに閉めるよ」

「昨日は、全員定時で帰ったそうじゃないか」

「当番は残っていた」

「みんなてんてこ舞いしてるんだ。それがわからんわけじゃないだろう」

「こっちにも、いろいろと言い分があるんだよ」

そこに、榊原刑事課長がやってきた。

「鑑識が仕事を放棄していると聞いたが、本当なのか？」

「人聞きが悪いですね。ちゃんと仕事はしていますよ。我々が普通にできる分量の仕事を、ね」

「まだそんなことを言っていたのか？」

「俺は永遠に言いつづけますよ。それが許せないというのなら、首を切ってください」

副署長までがやってきた。

「いったい、どういうことだ？」

「副署長が俺に言ったんですよ。分をわきまえろと。だから、俺は自分たちの身の丈に合った分量の仕事だけをすることにした。それだけのことです」

「意地を張っている場合じゃない。臨海署全体の、いや、警視庁全体の問題になりかねないんだぞ」

「俺が間違っていると思ったら、首にしてください。もう、警察なんぞに未練はありませんよ」

本当に懲戒免職になってもいいと思っていた。だが、首になる前に、言いたいことは言わせてもらう。そういう覚悟だった。

石倉は、速水交機隊長に気づいた。遠くのほうからこの騒ぎを眺めている。彼は、すぐに姿を消した。

いつもの署内パトロールか……。

石倉はそんなことを思っていた。

木村係長、榊原課長、瀬場副署長の説得が続いていた。それらは、時に恫喝になり、時に懇願になったりした。

だが、石倉は一切聞く耳を持つまいと決めていた。

「いったい、何をやってるんです?」

その声に、石倉は思わず顔を上げた。

強行犯第一係の安積係長だ。

くそ、速水のやつだな。彼が安積を呼んだに違いない。

石倉は思った。あの野郎、俺の弱いところを衝いてきやがる……。

安積が、石倉を説得しようとしている三人に言った。

「ちょっと、石倉さんと話をさせてもらえませんか?」

三人は、互いに顔を見合った。憤懣やるかたないという顔をしている。だが、安積に異を唱える者はいなかった。

榊原課長が安積に言った。

「任せるよ。なんとかしてくれ」

三人がその場からいなくなると、安積が言った。

「鑑識は、仕事をセーブすることにしたんですって?」

石倉は、ふてくされたように言った。

「定時までは仕事をしているんだ。文句はないだろう」

「別に文句は言っていません」

「俺は昨日、何年ぶりかに、自宅でのんびりしたよ。自宅で飯を食って、テレビを観て、新聞を読んで……」

「それで、どうでした？」

　石倉は、しばらく考えて言った。

「それが、つまらなかったのさ」

「テレビも退屈だし、やることがなかった。ベッドに入っても、なかなか眠れない……」

「そういうことだ」

　安積がかすかにほほえんだ。

「言いたいことは言えたんでしょう？」

　石倉は、大きく溜め息をついた。

「なあ、ハンチョウ。あんた、仕事のせいで女房と別れちまったんだろう？」

「仕事のせいばかりじゃないですが、まあ、忙しかったことは大きな理由の一つですね」

「あんたは、何のためにそんなに働かなくちゃならなかったんだ？」

「何のため？　もちろん一般市民のためです」

「一般市民のため……」

「そして、正義のためです」

　石倉は安積を見つめた。

「おまえさん以外のやつが言ったら、吹き出すところだな……」

「笑ってもいいですよ」

石倉は立ち上がり、係員たちに言った。

「おまえら、残念だが、今日からまた残業だ。鑑識受付も開けとけ。安積係長がな、正義のために戦えとよ」

係員たちは、むしろほっとした表情になった。こいつらも、根っからの警察官だ。

安積は、石倉にうなずきかけてから去って行った。そのとき、ちょっと照れたような顔をしていた。

そう。言いたいことは言った。

俺は満足だ。石倉はそう思った。


その日の夕刻、石倉は野村署長に呼ばれた。処分を言い渡されるのかと、覚悟して署長室に赴いた石倉に、野村署長が言った。

「来年度は、鑑識係員を若干名だが増員するつもりだ」

石倉は頭を下げた。

「ありがとうございます」

「だから、もうストライキみたいな真似はやめてくれ」

たまには、言いたいことを言ってみるもんだ。

石倉は、勝利者の気分で署長室を出た。

# ディスコード

# 1

金曜日の夕刻。

多くのサラリーマンたちは、解放感に浸っているに違いない。

同じ課長という肩書きでも、一般企業とはえらく違うものだと、榊原肇刑事課長は思う。

一般企業だと、課長の上に部長がいて、専務だの常務だのという取締役がいて、社長がいる。

警察署では、課長の上がすぐに副署長と署長なのだ。課長が警察署を運営していると言っても過言ではない。

東京湾臨海署が新庁舎となり、規模が格段に大きくなったのを機に、組織の改編も行われた。

正式には刑事組織犯罪対策課長というのだが、長ったらしいので、たいていは従来どおり「刑事課長」と呼ばれることが多い。

強行犯係、知能犯係、盗犯係、暴力犯係、そして鑑識係を束ねている。

かつて一つだった強行犯係は、第一と第二の二つに増えた。

強行犯第一係の係長が安積剛志、第二係の係長が相楽啓だ。

二つの強行犯係は、署内で何かと比較されることが多い。多発する重要事件に対処するため、というのなら、単に人数を増やすだけでいいのではないかと、榊原は思う。

強行犯係を二つに分けたのには、野村武彦(のむらたけひこ)署長の思惑が働いているのだと考えている者が多い。

一つでいい部署を二つに分ける理由は、一つしか考えられない。競わせることで、係員の士気を高めようということだろう。

榊原に言わせれば、それはあまり意味がない。

係員たちの士気は、そんなことをしなくても充分に高い。

だが、相楽は、今の状況が気に入っている様子だ。彼は警視庁本部捜査一課にいたころから、安積に対抗意識を燃やしていた。

どういうわけだか、榊原は知らない。本人に尋ねたこともない。

とにかく、係長で東京湾臨海署にやってきたときから、相楽は闘志をむき出しにしている。

今、相楽班は、管内で起きた暴行傷害事件に絡む、半グレ集団の摘発に全力を上げている。麻布署との共同捜査であり、本部捜査一課でも注目している事案だ。

管内で起きた事件をきっかけに、半グレグループのメンバーを大量検挙しようと、鼻息が荒い。

一方、安積班のほうは、変死体の捜査に追われていた。遺体が海上に浮いているのが見つかったのだ。

東京湾臨海署があるお台場は海に囲まれている。そして、署の組織改編で、かつての水上署が合併されたのだ。

だから、水死体の捜査は臨海署にとって珍しいことではない。

現在、安積班は、遺体の身元確認と、死因の解明に追われている。

金曜日の終業時間近くなっても、どちらの係も署に戻ってこない。刑事たちは、週末も必死で働いているのだ。

勢い、榊原も帰宅することはできない。いや、帰ろうと思えばいつでも帰れるのだが、もう少し署に残って、部下たちからの知らせを待とうという気になってしまう。

携帯電話が普及して、どこにいても連絡を受けられるようになったのだから、署に残っている必要はないのかもしれない。

だが、榊原は、いざというときのために、できるだけ刑事課長室にひかえていたいと思う。よく、周囲の人間から、苦労性だと言われる。自覚はある。それが悪いことだとは思わない。

管理職なのだから、何も考えないで、のほほんとはしていられない。より多くのことに気を配ろうとすると、人はそれを苦労性だと言うのだ。

もちろん苦労などしないでいられれば、それに越したことはない。だが、警察という組織は、なかなか苦労が絶えないところなのだ。

結局、六時過ぎに相楽から、電話で連絡があった。今日は係員全員で、麻布署に詰めるという。

「捕り物が近いのか?」

榊原が訊くと、威勢のいい言葉が返ってきた。

「大詰めですね。近いうちにいい報告ができると思います」

相楽は、常に前を見ている。それは、たいへんいいことだと、榊原は思う。だが、周囲の評判は、あまりよくない。

……というか、安積の評判が高すぎるのかもしれない。安積は、人望があつく、部下に慕われ、同僚に応援される。

その安積に、対抗しようとしている相楽は、周囲から浮いてしまうことになる。かわいそうだが、仕方がない。

安積のほうは、相楽のことなど気にしていないように見える。もちろん、気にしていないわけではないだろうが、大人の振る舞いができるのだ。

その安積は、午後八時過ぎに戻って来た。課長室に呼ぶと、彼は言った。

「まだ、いらしたんですか?」

「報告を聞こうと思ってな」

「死因は溺死です。他に外傷が見当たらないので、事故、自殺、事件、いずれの可能性もあると見ています。鑑識の詳しい報告待ちです」

「身元は……？」

「不明です。現在、行方不明者のリストを洗っています」

「わかった。今日はもう帰るのか？」

「係員たちが書類を書き終えたら帰ろうと思っています」

「では、私も帰るとしよう」

安積は、うなずいてから課長室を出て行った。

明日は土曜日だ。何事もなければ休めるのだが、相楽が「大詰め」と言っていたから、どうなることやら……。

榊原は、そんなことを思いながら、帰り支度を始めた。


ありがたいことに、土日に呼び出しはなかった。相楽班と麻布署は、まだ内偵中ということだ。

安積班からも連絡はなかった。

盗犯係、知能犯係、暴力犯係からも知らせはなし。もっとも、これらの係から緊急の報告があることはあまりない。

盗犯係は、扱う件数はべらぼうに多いが、課長が臨場しなければならないような重要な事案は、それほど多くない。

知能犯係や暴力犯係は、事件で駆け回るというより、情報収集に時間と労力を費やす。

だから、こちらも緊急の連絡は珍しい。

やはり、強行犯係の事案に臨場することが圧倒的に多い。土日だろうが、深夜だろうが、明け方だろうが、事件発生の知らせが来るが、たいてい強行犯係からの電話だ。

月曜日の朝に、課長会議がある。その席で、いろいろと指示を受ける。臨海署が新しくなった当初、副署長席が空席だった。

これは、滅多にあることではない。副署長は、次長とも呼ばれ、マスコミ対策を一手に引き受けているのだ。

かつて、署長はキャリアの腰かけポストだった時代がある。その当時は、署長は「若殿修行」などと呼ばれ、二年ほどで入れ替わったものだ。

その時代に、実質的に警察署の実権を握っていたのが副署長だった。今では、署長がお飾りということはなくなり、実務もちゃんとこなすが、昔の名残だろうか、副署長が大きな役割を担っていることは間違いない。

警察署に副署長がいないというのは、普通では考えられない状況なのだ。

野村署長は、臨海署に来るまでは、方面本部管理官だった。彼が、安積班をまるごと、神南署から引っぱったという説がある。

本当だろうと、榊原は思う。野村署長は、思い切ったことをやる人だ。しばらく副署長が不在だったのはなぜなのか、榊原にはわからない。

警視庁本部の人事一課が決めることなのだ。だが、野村署長を見ていると、なんとなく想像がつく。

　警察署の副署長は、重要なポストだ。じっくりと人選をしなければならない。その間は、自分が副署長の役割も果たそう。人事一課にそんなことを申し入れていたのではないだろうか。

　そういう意見がまかり通るものなのか、榊原にはわからない。人事は、いまだに雲の上で決まっているように感じるのだ。

　だが、彼ならばやりかねない。野村署長には、そう思わせる雰囲気がある。

　ともあれ、副署長不在の期間は、それほど長くはなく、瀬場智之警視が、臨海署副署長として赴任してきた。

　もちろん副署長も課長会議に参加している。

　会議の司会役は、斎藤警務課長だが、ほとんど野村署長が仕切っている感がある。

　会議を締めくくるに当たり、野村署長は言った。

「今や東京湾臨海署は、かつての小さな警察署ではない。都民が注目するマンモス署として生まれ変わった。水上安全課など、特殊な部署もかかえている。今や、都民の注目を集めているということを自覚して、業務に励んでもらいたい。特に重要事件の検挙率については、力を入れていきたいので、関係各員は奮闘努力していただきたい」

　一般的な訓示に聞こえるが、実は、強行犯係に発破をかけたのと変わりない。

　殺人や強盗、強姦、放火といった、強行犯係が扱う重要事案の検挙率は、決して悪くはない。だが、野村署長は、「悪くはない」という程度では満足しないのだ。

何でもナンバーワンになるのが好きだ。彼が、「力を入れていきたい」というときは、都内百二の警察署の中で、一番になりたい、という意味なのだ。

続いて瀬場副署長が言った。

「署長が言われたとおり、重要事案については、力を入れていきたい。しかし、だからといって、警察の役割はそればかりではない。所轄署が扱う事案のほとんどは、万引きや自転車の窃盗といった微罪や、交通違反の行政処分だ。そして、防犯という大切な役割も忘れてはいけない。海難事故にも眼を光らせていなければならない。各課、決して気を弛めることのないように心がけていただきたい」

やはり、そうきたか、と榊原は思った。

瀬場は、いつもこういう言い方をする。署長の言葉に真っ向から反対することはないが、完全に同調することもない。

ひかえめな言葉ではあるが、必ず反対意見や批判的な見解を示すのだ。

それに対して野村署長が何か言うことは、ほとんどない。立場が上だから、鷹揚に構えているという感じだ。

野村署長は、常に陣頭指揮を執りたがる。マスコミ対策も、瀬場副署長がいない間は、彼自身でこなしていた。

仕事に対して、きわめて精力的だ。

れない。

勢い、独断専行になりやすい懸念があるので、瀬場はそれを防ごうとしているのかもしれない。

だが、こういう場合、往々にして、両者の折り合いは悪くなる。それが表面化したことはなく、実際に二人の仲がどうなのか、榊原にはわからない。

もしかしたら、そんなことを気にしている者は、他にはいないのかもしれないと思うこともある。

だが、トップの二人が対立していると、いつかはその問題が表面化し、業務に悪影響を及ぼすのではないか。

榊原は、そんな懸念を抱いていた。

## 2

会議が終わり、刑事課に戻る途中、速水(はやみ)とすれ違った。

交通機動隊の小隊長だ。交機隊は、警視庁本部所属だが、旧臨海署時代から警察署と分駐所が同居しており、彼はいつも、我が物顔で署内を歩き回っている。

ふと榊原は立ち止まり、速水に声をかけた。

「今、時間あるか？」

「時間ならいくらでも作れます」

「ちょっと課長室に来てくれないか?」

「了解です」

速水は、無言で榊原のあとについてきた。突然、課長室に来い、などと言われると、誰でも多少は緊張するものだ。

呼ばれた理由をあれこれ考えて、不安になったりもする。だが、速水にはそんな様子はまったくなかった。

何が起きても動じないらしい。

榊原は課長席に腰を下ろすと、速水に言った。

「君は、普段から管内だけでなく、署内のパトロールもしているらしいな」

「交機隊員は、常にあらゆることに気を配っていますからね」

「臨海署の署員よりも、署内の事情に詳しいと聞いたことがある」

「そういう言い方は、ちょっと心外ですね」

榊原は、思わず速水の顔を見つめた。

「心外……?」

「ええ、自分はベイエリア分署時代からの仲間だと思っていますから……」

「所属はあくまで本部だろう」

「そういうのは関係ありません。日頃、どこにいて、誰と顔を合わせているかが重要なんです」

なるほど、速水というのはこういう男だ。組織に縛られないが、組織を無視することはない。

自分も速水のように振る舞えれば、どんなに楽だろうと、榊原は思う。

「わかった。君は、我々の仲間だ」

速水は、かすかに笑みを浮かべる。

「そういうことです」

なんだか、こちらの立場が上だということを忘れてしまいそうだ。

「交機隊員は、あらゆることに気を配っていると言ったな?」

「言いました」

「では、署内の人間関係についても詳しいと思うが……」

「どうでしょうね……」

「評判は聞いている。署内のことでわからないことがあれば、君に訊けばいい、と……」

「それはいくら何でも言い過ぎですよ。……で、何か訊きたいことでも……?」

榊原は、どう質問しようか迷っていた。署長と副署長の確執など、直接尋ねたら、そのことが速水を通じて署内に広まりかねない。

「組織というのは、常に調和が取れているのが理想だ。だが、いろいろな人間がいて、思うようにはいかないものだ。反目しあう者たちがいると、思わぬ不協和音を奏でることになる」

「はあ……」

速水は、落ち着き払って榊原の話を聞いている。

こちらのほうが、しどろもどろになりそうだ。榊原は、一度咳払いをしてから言った。

「署内で、そういう不協和音といったような様子が見られないかどうか、訊きたいと思ったんだ」

「安積と相楽のことを言ってるんですか？」

訊きたいのは、彼らのことではない。だが、そうではない、と言ってしまうと、じゃあ、何のことだ、と問われそうなので、榊原は言葉を濁した。

「実際、彼らはどうなんだ？」

「あの二人は、似たもの同士なんですよ」

「似たもの同士？　とてもそうは見えないな」

「安積は、若い頃、ひたすら突っ走るタイプでした。今の相楽と同じです。それで、痛い目にも遭った。それで、大人になったんです」

「相楽だって、そう若くはないはずだ」

「まだ、三十代で独身ですからね。俺たちから見れば、まだまだ青いですよ。あいつも、これからなんです」

「対立しているように見えるが、心配ないということか？」

「対立なんてしていません。安積は、相楽のことを理解していますし、相楽だって、安積のことが気になるから、折に触れて突っかかるわけです。相楽の性格ですからね。問題外のやつは、上司だろうが部下だろうが、無視しますよ」

速水の言葉は、説得力がある。

なるほど、今まで安積と相楽について、そういう見方をしたことはなかった。速水の話を聞いて、榊原は少し安心できた気分だった。

速水が、続けて言った。

「ただし、周囲の反応は、多少問題がありますね」

榊原は、思わず眉をひそめた。

「どういうふうに問題なんだ？」

「あの二人が対立していると見ること自体が問題です。それを面白がるやつもいるし、煽るやつもいる。下の者は、派閥があると勘違いする……」

「なるほど……」

たしかに、榊原も二人の係長のライバル関係を過剰に見ていた感がある。

速水の言うことは、いちいちもっともだと、榊原は思った。

「さらに、上の者が、あの二人の競争を利用しようとすることは問題ですね」

「たしかに、強行犯係を第一と第二に分けたのは、成績を競わせる目的があると言う者もいる」

「自分が言うことじゃありませんが、強行犯係を二つに分けるのなら、安積の下に二人の係長補佐をつけるべきだったんです。安積に、本部の管理官のような役割を持たせるわけです」

「たしかに君が言うことではないな。私にもどうしようもない。そういう人事は、もっと上が考えることだ」

「まあ、それはさておき、署長が安積を評価し、副署長が相楽を応援しているというのは、やはり問題でしょう」

榊原は、驚いた。

だが、それを表情に出すまいとした。

へたに聞き返すと、そんなことも知らなかったのかと言われそうな気がした。

「そうだな。それは、たしかに問題だ」

「一度閉鎖された臨海署が、新庁舎で復活するときに、神南署から安積を引っぱったのが、今の野村署長です。一方、後からやってきた瀬場副署長は、やはり同じような立場の相楽に共感を持っているようです」

やはり、安積班を引っぱったのは野村署長だったのか……。

「安積班は、ほぼ今のメンバーで神南署から移ってきたんだから、結束も固い」

「そればかりじゃありません。旧臨海署の時代から安積を知っている人々は、彼を信頼し、高く買っています。瀬場副署長は、そういう事情をよくご存じない。なぜ、たかが係長の安積を、野村署長が評価しているのか、よく理解できない……」

「それは、そうだろうな……」

「野村署長は、万事自分で仕切りたがるタイプです。一方、瀬場副署長は、しっかりと管理したがるタイプだ。もともと水と油なんですが、立場上瀬場副署長は、表立って署長に逆らうわけにはいかない。だから、署長が安積派なのを知って、あえて相楽の側についた、ということも考えられます」

榊原は、最初は速水の言葉を、感心して聞いていたが、そのうちに、すっかりあきれてしまった。

よくそこまで情報を集めて、なおかつ分析できるものだ。

榊原は言った。

「まさか、君は、課長会議を盗み聞きしているわけじゃないだろうな？」

「課長会議なんかに興味はありませんよ」

「署長と副署長のやり取りを、よく知っているようなんでな……」

速水は、にっと笑った。

「会議を盗み聞きする必要なんてないですよ。署内の様子を見ていればわかります」

「たいしたものだ」

「交機隊ですからね」

「つまり、こういうことか？　安積と相楽の対立関係が、署長と副署長にも飛び火していると……」

「いや、先ほども言ったように、利用していると言ったほうが正確でしょうね」

「具体的にはどういうことなんだ？」

「署長は、安積を支持することで、副署長を牽制し、同様に、副署長は、相楽を支持することで、署長を牽制しているんです」

「なんだか、わかるようでわからない話だな」

「簡単に言えば、自分の派閥を確保したいんですよ。それに、強行犯の二人の係長の競争を利用しているということです」

榊原は、またしても驚いた。

「臨海署内に派閥があるというのか？」

「実際にはありません」

「なんだ……」

「しかし、署長と副署長がそういう振る舞いをすれば、そのときどきで、派閥のようなものができたような状況になります」

「どういうことだ？」

「署長に従うか、副署長に従うか、選択を迫られたとき、迷うでしょう。それは、派閥を選択するのと似たようなものです」

「警察組織でそんなことがあるはずがない。命令系統ははっきりしている。そういう場合は署長に従えばいいんだ」

速水は、しばらく考えてから、肩をすくめた。

「まあ、そう割り切れるなら、何も問題はありません」

「割り切れるに決まっている」

速水がうなずいた。

「それなら、今さら自分が言うことは、何もありません」

榊原は、そろそろ話を終わりにしようと思った。

「いろいろと参考になった。呼び止めてすまなかったな」

速水は、すぐには退出しようとしなかった。彼が言った。

「さきほど、課長は不協和音とおっしゃいましたね？」

「ああ」

「それは、否定的な意味でおっしゃったのでしょう？」

「一般的にはそうだろう」

「しかしですね、音楽の世界では、不協和音はなくてはならないものなんです」

「あ……？」

「例えば、セブンスコードは、解決する和音の直前に現れるものですし、ブルースには欠かせない和音です。長七度を加えたいわゆるメジャーセブンスや、セブンスとフラットナインスを加えたコードは、ジャズやボサノバで多用される美しい和音なんです」

榊原は、思わず眉をひそめた。

「何の話だ？　俺にはさっぱりわからん」

速水は、再び笑みを浮かべた。

「不協和音は、音楽に味わいと深みを加えます。組織においても、そうじゃないんですか」

速水は、部屋を出て行った。

榊原はしばし、ぽかんとしていた。

何であいつは、音楽のことに詳しいんだろう……。

いや、そんなことより、不協和音が、組織においても、味わいや深みを加えるというのは、どういうことなのだろう。

しばらく考えたがわからなかった。榊原は、考えるのをやめて、仕事を始めることにした。

### 3

その翌日のことだ。

榊原は、署長室に呼ばれた。署長室のドアの脇には、副署長席がある。記者たちが副署長席の周囲に集まっている。

署長室に行くには、必ずそこを通らなければならない。榊原は、瀬場副署長に会釈をしてから通り過ぎた。

「刑事課長、入ります」

声をかけると、野村署長が笑顔を向けてきた。

「おお、ごくろう。高輪署管内で起きた強殺事件を知っているか？」

強殺は、強盗殺人のことだ。

「無線を聞きました」

「老夫婦を惨殺して、犯人は逃走した。被害額は、被害者が殺害されたため今のところ不明だが、初動捜査に当たった連中によると、被害者宅には、かなり金目のものがあったと推測されるという」

「でかいヤマということですね」

「捜査本部ができて、刑事部長も臨席するそうだ」

「帳場も大きなものになりますね」

野村署長はうなずいた。

「第一方面本部から連絡があった。警視庁本部捜査一課から三個班を投入するので、高輪署だけでは人員がまかなえない。そこで、近隣の署からも応援を出すように、とのお達しだ。うちからも、若干名出さなければならない」

「若干名……？　具体的には何名です？」

「五名を考えている」

を送り込みたい」

「五名……」

「助っ人などの場合、地域課や交通課の人員でお茶を濁すことが多いが、うちは専門家を送り込みたい」

「つまり、強行犯係ということですか?」

「そうだ。わが署自慢の強行犯係を堂々と送り込むんだ」

署長に言われたら、反対することはできない。強行犯係に行ってもらうしかないだろう。

榊原は、咄嗟に考えたことを言った。

「人数から考えて、第一か第二かのどちらかに行ってもらうことになりますね」

「そうだな。それは、課長に任せる」

署長はそう言ったが、榊原にはどちらを行かせたがっているのかわかった。

署長は安積班を買っている。安積班に、助っ人などやらせたくはないはずだ。そう考えるのが人情というものだ。

当然ながら、署長は相楽班を送りたいと考えるだろう。

「了解しました」

榊原は、そうこたえて署長室を退出した。だが、決して了解したわけではなかった。

安積班が抱えている水死体の件は、まだ解決していない。身元すらまだわかっていないということだ。

一方、相楽班の、半グレ集団に対する手入れも、大詰めと言ったきり、まだ実行されていない。

今現在、緊張した状態が続いていると考えなければならない。

どちらの係も、今の事案を放り出すわけにはいかないのだ。

さて、どうしたものか……。

苦慮していると、榊原は呼び止められた。

瀬場副署長が席から声をかけてきたのだ。周囲に記者がいるのもかまわずに、彼は言った。

「ちょっと、話がある。来てくれ」

瀬場副署長は、席を立って歩き出した。榊原は、言われるままについていった。

記者の一人が尋ねる。

「副署長、刑事課長に何の用です？」

瀬場副署長は、かすかに笑みを浮かべてこたえる。

「ゴルフの打ち合わせだよ」

瀬場副署長は、小会議室に入ると、榊原に言った。

「ドアを閉めてくれ」

ゴルフの打ち合わせのはずはなかった。

榊原は、ゴルフなどやらない。

何の話だろう。榊原は、少しばかり緊張した。

瀬場が質問してきた。

「署長の話は何だった？」

「高輪署にできる、強殺の捜査本部の話でした」

「助っ人の件だね？」

「そうです。署長は、強行犯係を送り込めとおっしゃっていました」

「当然だろうね。ただの人数合わせだと、本部にも高輪署にも申し訳ない」

「はあ……」

野村署長は、赤ら顔でいかにも精力的という風貌だが、瀬場は対照的に色白で、のっぺりとした顔をしている。

いつもポーカーフェイスだ。

「何名送るとおっしゃっていた？」

「五名です」

「誰を送るつもりだね？」

瀬場は、考えていることをそのまま話した。

「強行犯第一係か、第二係のどちらかを送ることになると思います」

「相楽班は今、麻布署との共同捜査の最中だな？」

「はい」

「今、その捜査から抜けるわけにはいかない。高輪署の捜査本部には、安積班に行ってもらってはどうだ？」

　榊原は、即答はできなかった。

　明らかに、野村署長の意図に反している。

「考慮して決定したいと思います」

「考える必要などないだろう。現状を考えれば、どうすればいいのかは明らかだ。それに、考えている時間などないはずだ」

「はい……」

「すみやかに対処してくれ」

「了解しました」

　榊原がこたえると、瀬場は小会議室を出て行った。部屋に一人残った榊原は、しばし呆然としていた。

　完全に、野村署長と瀬場副署長の板挟みという状況だった。

　速水が言ったことを思い出していた。

　彼は、言った。

「署長に従うか、副署長に従うか、選択を迫られたとき、迷うでしょう。それは、派閥を選択するのと似たようなものです」

　その言葉が、こんなに早く現実となり、しかも自分の身に降りかかってくるとは思ってもいなかった。

速水のやつは、予言者か……。

榊原は、そんなことを思いながら、刑事課長室に戻った。

瀬場副署長が言うとおり、考えている時間はなかった。すでに高輪署には、警視庁本部の捜査員たちが詰めているだろう。

遅くとも明日の朝には、応援部隊が駆けつけなければいけない。近隣の署から人を集めると署長が言っていた。臨海署以外の署からも助っ人が送り込まれるということだ。遅れを取るわけにはいかない。

さて、強行犯第一係と第二係のどちらを送り込めばいいだろう。

瀬場が言うとおり、相楽班は、捜査が大詰めでとても抜けられる状況ではないだろう。だが、安積班だって身元不明の水死体を抱えている。

双方とも、今手がけている事案を放り出すことなどできないだろう。

そういう場合、刑事課内の他の係に応援を頼むことも考えられるのだが、今回は、署長から、強行犯係を送り込めと、釘を刺されている。

他の選択肢はない。

榊原は、どうしていいのかわからなくなった。署長の意向に従えば、今後、瀬場副署長からは冷遇される恐れがある。

署長のほうが上なのだから、そちらに従っていればいいと、速水には言ったものの、実はそうではない。

署長は対外的な用事が多いので、署を留守にしがちだ。それに対して、副署長は、その留守を守っているのだ。

つまり、日常的に顔を合わせる頻度は、副署長のほうが多いのだ。副署長に逆らって、いいことは一つもない。

榊原は、これまで派閥など意識したことは一度もない。実際、臨海署内に派閥があるとは思えない。

だが、速水が言ったように、こうした立場に置かれてみると、派閥を選択するのと似ている。

こういう場合は、一人で悩んでいても仕方がない。素直に係長に相談すべきだと思った。

もしかしたら、相楽班の事案が今日中に片づくかもしれない。

そのときは、迷いなく相楽班を捜査本部に送ることができる。

榊原は、相楽に電話をして、様子を訊いてみることにした。

「はい、相楽です」

「ウチコミの準備はどうだ？」

「それが……。拠点は判明して、すでに監視を張り付けてあるんですが、リーダー格の姿がまだ確認できていないんです。それが確認でき次第、ウチコミをかける手筈（てはず）なんですが……」

「大詰めだと言っていたが、今日中に片づきそうか？」

「それは、微妙になってきましたね……」

物事は、そうそううまくいくものではない。榊原は、小さく溜め息をついて言った。

「高輪署管内で、強殺事件が発生した。捜査本部ができる。臨海署でも助っ人を頼まれた。署長は、強行犯係を送り込めと言っている。第二が行けないだろうか」

「こっちは、いつウチコミになるかわからない状況です。今抜けるわけにはいきません」

「わかっているが、署長の言いつけに背くわけにもいかない」

「他の所轄にできる捜査本部の助っ人など、経験したことがないのですが、こっちの実績にはならないんですよね？」

ここで、実績の話をするところが、いかにも相楽らしい。彼は、常に上を目指している。自分自身や自分の部署の評価につながらないことは、極力やりたくないというのが本音なのだろう。

「実績にはならないかもしれない」

榊原がこたえると、相楽が言った。

「安積班に行ってもらってはどうです？」

榊原は、再び溜め息をついた。

「考慮する。そっちの件、よろしく頼む」

「任せてください」

榊原は、電話を切った。

頭を抱えたい気分だった。ここは、やはり安積に泣きつくしかないか……。

安積だって、今抱えている事案を放り出して、捜査本部の手伝いに出向くのは嫌に決まっている。

臨海署の捜査が滞るのも問題だ。

苦慮した末に、榊原は安積に電話をかけた。

「はい、安積です」

「水死体のほうはどうだ？」

「行方不明者の中から、かなり対象者が絞れてきました。今日中には身元が判明すると思います」

「殺しなのか？」

「まだ、何とも言えません。身元を割り出して事情を調べれば、はっきりしたことがわかるはずです」

「そうか……」

榊原は、相楽に言ったのと同じことを安積に伝えた。

安積は、こたえた。

「助っ人ですか。旧臨海署時代には、よくあったことです」

「今、相楽班を動かすことはできそうにない。かといって、そちらも手一杯だろうし、どうしたらいいか決めあぐねている」

「五名必要なのですね？」

「ああ、だから、第一か第二かのどちらかに行ってもらうことになると思うのだが……」

安積も断るだろう。榊原はそう考え、暗澹とした気持ちになっていた。

「私が行きましょう」

一瞬、安積が何を言ったのか理解できなかった。

「え……。第一が行ってくれるということか？」

「こちらの事案も放り出すわけにはいきません。だから、須田と黒木を連れて行きます。第二からも二人出させてください」

榊原は、あっと思った。

その手があったか……。

目の前がぱっと開けた思いだった。

「わかった。そうする」

榊原は電話を切ると、すぐに段取りをつけた。

相楽に再び電話をすると、今人員を割くことはできないと言われた。榊原は、刑事課の他の係から、代わりに二名を相楽班のもとに送ると約束した。

それならば、野村署長の言いつけに逆らったことにはならない。

相楽は、しぶしぶ交換条件を飲んだ。第二からは、荒川と日野を出すと言った。

これで、捜査本部に送り込む強行犯係五名がそろった。

榊原は、ほっと胸をなで下ろした。そして、思った。

速水はさすがだが、やはり安積もさすがだ。


相楽班が担当していた半グレ集団へのウチコミも成果を収めた。第二係は、肩で風を切るように戻って来た。

安積班が調べていた水死体の身元も判明し、自殺であることがわかった。

高輪署の捜査本部の強盗殺人事件も、三日で被疑者を確保するというスピード解決だった。

榊原は、久しぶりに晴れ晴れとした気分を味わっていた。

廊下を歩いていると、前方から速水が近づいてくるのが見えた。榊原は、声をかけた。

「板挟みというのは、辛いものだな」

「捜査本部の件ですか？」

「何でも知ってるんだな」

「交機隊員ですからね」

「不協和音が味わいや深みを与えるという話、今ならわかるような気がする」

「誰がそんなこと、言ったんです？」

「誰がって……」

「ともかく、そいつは大人の意見ですね」

こいつは、わかって言ってるんだ。

榊原は、それに気づいた。

速水がすれ違って歩き去っていった。

組織の中の不協和音を恐れる必要はない。やたらに調和のとれた組織こそ味気なく、かえって不気味ではないか。

そう。この臨海署のような組織がちょうどいいのだ。

榊原は、あらためてそう思っていた。

# アンサンブル

# 1

「相楽班が、またヘマをやったって……？」

廊下を歩いていると、そんな話が聞こえてきた。誰かが立ち話をしているのだ。

安積は、知らぬふりをして通り過ぎた。

手柄を立てたという噂は立ちにくいが、失敗をしたという噂はすぐに広がる。

刑事課強行犯第一係の席に戻ると、安積は、ふと隣の島を見た。強行犯第二係の島だ。

そこは無人だった。

相楽係長以下、総出で事案を追っているのだろう。

安積の第一係でも、係員たちは出払っていた。それぞれに、抱えている事案を捜査しているのだ。

相楽班がヘマをしたというのは、昨日発覚した誤認逮捕のことだろう。傷害事件があり、犯人が逃走した。

事件発生の翌日、相楽班の日野が、一人の若者を逮捕した。当初、被害者もそれが犯人だと証言していたが、裏を取ったところ、その被疑者にはアリバイがあり、なおかつ、被害者の記憶も曖昧だったことが判明した。

日野は、三十歳の若手刑事だ。勘違いもあるし、その被疑者は送検・起訴されたわけではないので、それほど問題視されるほどのことではないと、安積は思っていた。

だが、時期が悪かった。

相楽班のベテラン刑事荒川が、失敗をしたばかりだったのだ。

東京湾臨海署管内で、指名手配犯の目撃情報があった。金銭トラブルから、二人の男性を殺害して逃走を続けている容疑者だ。

年齢は三十五歳。中肉中背だ。

荒川は、その指名手配犯を発見していながら、確保することができなかった。追跡の末に取り逃がしたのだ。

応援を要請したが、時すでに遅し、だった。その指名手配犯は、再び姿をくらましたのだった。

捜査をしていれば、失敗することもある。だが、それが立て続けだと、印象が悪くなる。

一方で、安積班は、着々と実績を上げていた。

須田と黒木のコンビは、三日前に強盗犯を身柄確保して、無事に送検を済ませていたし、村雨・桜井組は昨日、傷害の犯人をスピード逮捕していた。

これは、別に、特別に評価されるほどのことではない。それぞれが、自分の仕事を着実にこなしたというだけのことだ。

だが、こうした実績が相楽班の印象を悪くするのに一役買っていることも否定はできない。

だからといって、仕事に手を抜くことはできない。相楽班が自らの力で名誉を回復するしかないのだ。それはわかっているのだが、安積はどうにも落ち着かない気分だった。

夕刻になり、捜査員たちが署に戻って来た。安積班は、全員顔をそろえて、その日の報告書を書きはじめる。

相楽も席に戻っていた。だが、相楽班の捜査員たちは、ほとんどが戻って来ていない。何とか汚名を返上しようと、駆け回っているに違いない。その焦りが裏目に出なければいいがと、安積は思った。

そっと相楽の様子を見た。

いつもと変わらないように見える。だが、そう装っているだけのことだと、安積にはすぐにわかった。

相楽は、明らかに落ち込んでいる。そして、焦っている。

こういうときに、先輩として何か一言声をかけてやるべきだろうか。安積は考えた。安積が窮地に陥ったときに、助けてくれた先輩や同僚がたくさんいた。

いや、それは逆効果だろうと、思い直した。今の相楽は、素直に安積の言葉を聞こうとはしないだろう。

二つの強行犯係。それは、仲間であると同時にライバルでもある。特に、相楽はことさらに安積のことをライバル視している。

そんな相手から、どんな言葉をかけられようと、反発を感じるだけだろう。今は、そっとしておくしかない。安積はそう思った。

携帯電話が振動した。娘の涼子からだった。

「どうした？」

「お父さん、来週の火曜日、空いてる？」

「来週の火曜日？　何なんだ、突然……」

「忘れたの？」

「何を？」

「やだ、本当に忘れてる……」

安積は、卓上にあるカレンダーを見た。

来週の火曜日……。

「そうか、母さんの誕生日か」

「いっしょに食事することになっているんだけど、お父さんもどうかと思って……」

「そういうことなら、ぜひ参加したいな」

「じゃあ、前にいっしょに食事した、お台場のイタリアンレストランに、午後七時ね」

「別にお台場じゃなくてもいいだろう」

「何かあったら、すぐに署に戻れるでしょう」

そんな気づかいをさせることが、心苦しかった。だが、涼子が言うとおりだ。いつ何時、呼び出されるかわからないのだ。

そもそも事件が起きたら、食事に行くことすら無理になる。

「そうだな。そのレストランでいい」

「じゃあ、そういうことで……」

「ああ」

電話を切ると、須田がちらちらとこちらを見ているのに気づいた。

「須田、何か用か？」

「いえ、別に……」

須田は、すぐにパソコンのディスプレイに眼を戻したが、なんだか笑いをこらえているように見えた。

村雨は、無関心を装っていたが、パソコンのキーを打つ手がしばらく止まっていた。

黒木も桜井も水野も、須田や村雨と似たような様子を見せていた。

みんな、電話の相手が涼子だと気づいており、話の内容に興味津々なのだ。

職場では、家族のことなどプライベートな話はするべきではないのかもしれない。かといって、そういう話をすることに目くじらを立てることもないと、安積は考えていた。

村雨の家族の話もするし、須田や黒木、水野、桜井の実家の話もする。

安積は、みんなを代表する形で、須田に言った。

「何か訊きたそうだったじゃないか」

須田は、困ったような顔をして言った。

「いえね、係長……。誰と電話してたのかな、と思いまして……。これ、余計なことですよね……」

「おまえたちが察しているとおり、娘の涼子からの電話だ」

「じゃあ、ついでに訊いていいですか？」

「何だ？」

「来週の火曜日に、食事をするんですか？」

「ああ。その日は、別れた女房の誕生日だ。まだ、何か訊くことはあるか？」

「いえ、ありません」

　須田は、なぜかうれしそうな顔になって、仕事を再開した。

　その間、村雨をはじめとする他の係員も、安積に注目していた。安積は、彼らのほうを見ないようにして、手もとの書類に注目した。

　娘やかつての妻の話をするのは照れ臭い。だが、妙に隠し立てすることのほうがみっともないような気がする。

　係員が知りたがっていることなら、教えてやればいい。

　安積は席を立ち、課長室に向かった。いくつかの書類を届けるためだ。そうした書類は、課長印をもらったのちに、最終的には署長の決裁を仰ぐのだ。

　榊原（さかきばら）刑事課長は、書類にざっと眼を通すと、安積にうなずきかけた。安積が退出しようとすると、課長が言った。

「相楽のことで、芳しくない噂が広がっているようだな」

安積はこたえた。

「今はつらい時期だと思います」

「署長も、気にしておられる」

「だからといって、どうすることもできません」

「安積係長、君は相楽より多くのことを経験している。何かアドバイスしてやってはどうかね？」

「私が何を言っても逆効果になるでしょう」

榊原課長は、難しい顔で考え込んだ。

「何かきっかけがあれば、いい方向に動き出すと思うんだが……」

「それほど気にすることではないと思います。いいときもあれば、悪いときもあります」

「そうは言うが、失敗が続くとどうしていいかわからなくなるものだ。汚名を返上しようと、焦れば焦るほど、また失敗を繰り返す。そういうものだろう」

「そうかもしれません。しかし、第一係の私が助け船を出すわけにもいかないでしょう。相楽だって、そんなことは望んではいないはずです」

「相楽も強情なやつだからな……」

「私が何か言うより、課長から話をされたほうがいいと思いますが……」

「どうかな……。俺が声をかけると、かえって萎縮するような気がする」

「恫喝すれば萎縮するでしょうが、元気づけるなら話は別でしょう」

「どういう話し方をしても、相手は恫喝と受け止めるかもしれない。それに、俺は、部下を元気づけるような話をするのが苦手でね。だから、安積係長に頼もうと思っていたんだが……」

「放っておくしかありません。また、放っておいても問題はないと思います。相楽なら、いずれ手柄を立てますよ」

「それをじっと待つというのも、上司としてどうかと思うんだが……」

「いずれにしろ、私から声をかけるわけにはいきません。しかし……」

「しかし、何だ？」

「もし、向こうから何か言ってくるようなことがあれば、ちゃんと話をしますよ」

「わかった」

榊原課長がそう言ったので、安積は課長室を退出した。

席に戻ると、相楽の姿はなかった。帰宅したのだろうか。いや、彼のことだから、何かの捜査に出かけたのかもしれない。結果を出すまで、がむしゃらに頑張るタイプだ。

安積班が、それに付き合う必要はない。安積は、帰宅することにした。安積が帰れば、部下たちも帰る。

大きな事件が起きたら、不眠不休を強いられることもある。帰れるときは、早く帰ったほうがいいと、安積はいつも思っていた。

安積は、机を離れるときに、もう一度相楽班の机の島を見た。やはり、そこには誰もいなかった。


翌日、相楽班がまたしてもまずいことをしでかした。

傷害事件で、誤認逮捕をし、その被疑者は釈放された。だから、彼らは、真犯人を見つけるために捜査を続けていた。

その過程で、参考人が浮かんだ。被害者と同じ日時に、同じクラブにいた男性だ。事件は、被害者がそのクラブを出たところで起きていたのだ。

その参考人の身柄を署に運んできて、相楽自身が詰問したというのだ。任意同行なのだから、参考人が帰りたいと言ったら、本来は引き止めることはできない。

だが、相楽は被疑者の取り調べのような扱いをしたのだという。その参考人は、腹を立てて、「東京湾臨海署を訴える」と言い出したそうだ。

榊原刑事課長が謝罪しても収まらず、ついに野村署長までが出て行かなければならなかった。

その参考人に謝罪をした後、野村署長は、相楽を叱りつけたという。

野村署長は、野心家でなおかつ正義漢だ。マスコミに叩かれることを嫌うし、間違ったことが大嫌いだ。

相楽は、その両方に抵触してしまったことになる。署長の怒りを買うのも、もっともだった。

その場を目撃した者によると、署長に雷を落とされた後、相楽はさらに落ち込んだ様子だったということだ。

当然だろうと、安積は思った。

相楽は、なんとか真犯人を見つけようと必死だった。その熱意が空回りしてしまった。つい、やり過ぎてしまったのだ。

本来の相楽なら、そんなことはしないだろう。彼は焦っていたのだ。焦りが、判断を狂わせた。

その日の午後、速水が安積の席にやってきた。

係員たちは出かけており、安積だけが残っていた。机の脇に立つと、速水は言った。

「相楽は、いったいどうしちまったんだ？」

そう言われて、第二係のほうを見た。相楽の姿はなかった。

安積はこたえた。

「完全に悪循環にはまっているんだろう」

「悪循環？」

「そう。悪い状況を脱却しようと、もがけばもがくほど、失敗を繰り返すという悪循環だ。普通にやっていれば、それほど問題は起きないはずだし、実績も上げられる。だが、今の相楽には、その普通にやるということができないようだ」

「このままつぶれちまうなんてことはないだろうな」

「そうならないことを祈ってる」

「あいつも所詮（しょせん）、おまえの敵じゃなかったってことか」

「もともと敵なんかじゃない。同じ刑事課の仲間だ」

「だが、向こうはおまえを目のかたきにしていた」

「彼なりの向上心なのだと思う」

「いずれにしろ、あいつの班はヘマを繰り返している」

「そういう時期があるものだ。じっと耐えるしかない」

「相楽は、それがわかっていないのかもしれない」

「アドバイスしてやってくれないかと、課長に言われた」

「それで……？」

「俺が今、相楽に何か言ったら、逆効果になるとこたえたよ」

「まあ、そうだろうな」

「冷たいようだが、こんなことでつぶれるようじゃ、この先、管理職はつとまらない」

「相楽班の失敗について、おまえなりに考えたことがあるはずだ」

「ないわけではない」

「言ってみろよ」

「どうして、おまえに話さなきゃならないんだ？」

「俺が聞きたいからだ」

安積は、溜め息をついて話しはじめた。

「一つ目の失敗は、三十五歳だ。荒川さんが、指名手配犯を発見していながら、取り逃がしたことだ。指名手配犯は、三十五歳だ。まだまだ体力がある年齢だ。それに対して、荒川さんは、もう五十一歳だ。追跡するのはたいへんだったろう」

「なるほど……」

「そして、日野が傷害事件で、誤認逮捕をした。日野は三十歳と若く、まだ刑事の経験も浅い」

「そうだな……」

「もし、荒川さんと日野が逆だったら、と思わずにはいられない。日野だったら、体力もあるし、指名手配犯を逃がしはしなかったかもしれないし、荒川さんなら傷害犯について、もっと冷静に判断を下せたかもしれない。そういうふうに思う」

「それを課長に言ったのか？」

「言ってない。言ったところで仕方がない。捜査に『たられば』はないんだよ」

「相楽が、適材適所を怠ったというふうにも考えられる」

安積はかぶりを振った。

「そうじゃない。ついてなかっただけなんだ」

「おい、つきのせいにするのか？」

「捜査にはそういう側面がある。つきに左右されることだってあるんだ。だから、縁起を担ぐ刑事は少なくない」

「それを相楽に言ってやればいい」

「今俺が何を言っても、素直に聞くような状態じゃないだろう。向こうが聞きたいと言ってきたなら別だが……」

「ま、そういうことだな」

「そういうことだ」

それで話は終わりだと思った。だが、そうではなかった。速水が言った。

「ところで、来週の火曜日に、涼子ちゃんや奥さんと食事をするんだろう？」

安積は驚いて速水の顔を見た。

「どこでそんな話を聞いたんだ？」

「交機隊員は、何でも知っている」

「須田か誰かに聞いたんだろう」

「ニュースソースは明かせないよ。じゃあ、やっぱり本当のことだったんだな？」

「おまえの言葉に間違いがある」

「間違い？」

「おまえは、奥さんと言ったが、元奥さんと言うべきだ」

「こだわるんだな」

「何があっても、すっぽかすなよ」

「それは、何とも言えないな。事件が起きたら行けなくなるだろう」

「おまえには、優秀な部下がいるじゃないか。事件が起きたとしても、村雨や須田に任せておけば問題ないだろう」

「いや、問題だな。捜査を部下に任せて、係長がのんびり食事をするなんて……」

「捜査が最優先か」

「当然だろう。刑事というのは、いや、警察官というのは、そういうものだ」

「そんなことを言ってるから、離婚することになったんだろう」

「そうだ。だからといって、今さら考えを変える気はない」

速水は、何事か考えている様子だ。どうせ、ろくなことではないだろうと、安積は思った。やがて、速水が言った。

「じゃあ、その日は事件が起きないことを祈るしかないな」

「ああ」

「涼子ちゃんと元奥さんに、よろしくな」

速水はそう言うと、歩き去った。会話が尻切れとんぼな感じがして、安積は、その後ろ姿を見つめていた。

速水は、やってきたときと同様に、くつろいだ態度で去って行く。どこにいても堂々としている。

あいつはいったい、何の話をしに来たんだろう。

安積は、そんなことを思いながら、書類仕事を再開した。

## 2

週末に、相楽班は、ようやく傷害事件の被疑者を逮捕することができた。

丹念な聞き込みの結果、二十五歳の無職の男性を洗い出した。被害者とは初対面だった。

被害者が、クラブの中で我が物顔に振る舞っているのに腹を立て、襲撃したと供述したそうだ。

被害者がクラブの外に向かうところを、マスクとサングラスをし、さらに背後から襲いかかったので、面が割れていなかったのだ。

これで、相楽も少しは落ち着くのではないかと、安積は思った。焦り、落ち込んでいるときには、結果が何よりの薬になる。

土日は、ゆっくりと休めばいい。月曜日には、気分も変わっているはずだ。

安積班も、土日はのんびりできた。当番からの呼び出しもなかった。

このまま、火曜日を迎えたいと、安積は思った。大きな事件がなければ、定時で帰れる。涼子との約束の時間は、午後七時だ。通常の勤務だったら問題なく行ける。

だが、そううまくはいかない。それが人生だ。

月曜日の午後八時過ぎに、東京湾臨海署管内で変死体が発見されたという知らせが入った。

無線を受けたとき、係に残っていたのは水野だけだった。安積は、水野とともに臨場した。

現場は、お台場海浜公園だ。うつぶせに倒れているところを、通行人が発見した。通報者は、二十八歳男性。カップルで散歩をしていて、人が倒れているのに気づいたという。

すでに、機動捜査隊が到着しており、鑑識が作業をしていた。水野が、須田と村雨に連絡したので、じきに、黒木、桜井を連れて、彼らも駆けつけるだろう。

安積は、鑑識の作業が終わるのを待ち、機動捜査隊員に言った。

「見せてもらうぞ」

「どうぞ」

倒れているのは、五十代後半から六十代前半の男性だ。何枚も重ね着をしている。一番上に着ているのは、ベージュのコートだが、どの衣類も垢じみて汚れていた。異臭がしている。

突然、死を迎えた者はたいてい、糞尿を垂れ流す。だが、そのせいではなく、おそらく彼が生きている頃から、異臭を放っていたに違いないと、安積は思った。

髪は伸び放題だ。

水野も隣で遺体を観察していた。

機動捜査隊員が言った。

「ホームレスの行き倒れでしょうかね……」

「いや……」

安積は、遺体の衣類をめくり、首を調べた。そして、水野を見た。水野がうなずいて言った。

「小さな縦方向のひっかき傷。吉川線（よしかわせん）ですね」

安積は言った。

「そう。つまり、絞殺だな」

吉川線とは、ひもなどで首を絞められたときに、それを引きはがそうとしてできる防御創のことだ。

須田と黒木が現着した。須田が、安積に尋ねる。

「どうです？」

「絞殺と見ていいだろう」

須田が悲しそうな顔になった。

「殺人ですか……」

須田たちが到着した五分後に、村雨と桜井もやってきた。

殺人と聞いた村雨は、須田と似たような反応を見せた。明らかに落胆した様子だった。

村雨が言った。

「……ということは、捜査本部ができるかもしれませんね」

「スピード逮捕でもなけりゃ、そういうことになるな」

そこに、相楽班の連中がやってきた。相楽が安積に言った。

「また先を越されましたか……」

「そっちは、傷害の犯人を挙げたばかりだろう。少しは楽したらどうだ」

「それで、どんな状況なんです？」

「五十代後半から六十代前半の男性。身分証はなし。服装その他から、路上生活者だろうと推察した。首に吉川線が見て取れる」

「絞殺ですか」

「そういうことになるな」

「自分らも現場を見ていいですか？」

「かまわんが、俺たちが端緒に触れたんだ。担当するのは俺たちだぞ」

「せっかく来たんだから、見ておきたいんです」

安積は、村雨にうなずきかけた。

安積班の連中が場所をあけると、相楽班が遺体とその周囲を調べはじめた。

機動捜査隊員が怪訝（けげん）な顔で、安積に尋ねた。

「いっしょに捜査するんですか？」

「いや、そうじゃない。せっかく現着したのに、そのまま帰りたくないんだろう」

「はあ……」

その後、安積班は機動捜査隊員たちと手分けをして周囲での聞き込みを始めた。安積は、水野といっしょに、通報者の話を聞くことにした。

男性は、背が高くたくましい体格をしていた。女性は、細身でこれも背が高い。派手な恰好(かっこう)はしていないが眼を引くカップルだった。

安積は、通報者の男性に言った。

「遺体を発見したときの様子を教えてください」

「歩いていたら、茂みの陰から二本の脚が見えたんです。酔っ払いか何かかと思ったんですが、近づいてみると様子がおかしいので、通報しました」

彼は、緊張していた。顔色が悪いし、瞬(まばた)きが多い。しきりに唇をなめるのは、口中が渇いているからだろう。いずれも、強い緊張を示す兆候だ。

デートの最中に遺体を発見したのだから、緊張するのも無理はないか、と安積は思った。

「あなたたちは、どの方向から歩いてきたのですか？」

「あっちからです」

男は、遊歩道の東側を指さした。シーリア前という交差点の方角だ。

安積は、実際にそこに立って遺体を見た。鑑識がライトを持って来ているので、ブルーシートをかけられた遺体が照らし出されている。

「通報は、午後八時五分。間違いありませんね」

安積が尋ねると、通報者の男はこたえた。

「はい。正確な時刻は覚えてませんが、その頃でした。これから食事に行こうと思っていたので……」

水野が女性に尋ねた。

「遺体を発見したとき、あなたもいっしょでしたね?」

「いっしょでした」

「彼が言ったことに、間違いありませんか?」

「間違いありません。今言ったとおりです」

彼女は、何かに怯えているように見えた。これも、通常の反応だろうか……。

警視庁本部捜査一課の捜査員たちがやってきた。それと入れ違いで、相楽班が引きあげた。

相楽は、現場を去るとき、安積に言った。

「いつでもお手伝いしますよ」

それは、単なる好意による言葉ではないだろうと、安積は思った。

安積たちが、署に引きあげたのは、午後十時頃だった。捜査一課の刑事たちも署にやってきた。捜査本部ができることになり、捜査員たちは、すでにその態勢に入っているのだ。

安積がいったん強行犯係の席に戻ると、相楽班の係員たちがまだ残っていたので驚いた。それだけではない。相楽が第二係の島から少し離れた場所で、立ち話をしている。その相手が速水だった。

何だか嫌な予感がした。

相楽は、安積と眼が合うと近づいてきた。そのあとに、速水もついてくる。

「ちょっと話があるんですが、今いいですか？」

「これから、講堂に行かなければならない。捜査本部ができるんだ」

「わかっています。時間はかかりません」

「何の話だ？」

「指名手配犯を追っかけたのが、荒川さんではなく、日野だったら、そして、傷害事件を手がけたのが、逆に日野ではなくて、荒川さんだったら、違った結果になったかもしれない。そうおっしゃったそうですね」

安積は、相楽の脇にいる速水を見た。

「余計なことを言ったようだな」

速水は悪びれもせずに言った。

「なに、ちょっと世間話をしただけだよ」

相楽が言った。

「そのことについては、自分も考えました。今後は適材適所を心がけます」

安積はうなずいた。

「今さら、俺が言うことは何もない。ただ、あまり気負わないことだ。話は、それだけか？」

「もう一つあります」

「何だ？」

「殺人の捜査本部、第二係にやらせてください」

安積は、一瞬何を言われたかわからず、まじまじと相楽の顔を見つめた。

「おい、事件の端緒に触れたほうが担当をする。そういうことになっているはずだ。第一係から仕事を奪おうというのか？」

「端緒なら、我々も触れました」

「手柄を立てようと、焦る気持ちはわからないではない。だからって、ルールを無視していいわけじゃない」

「今、第二係は手が空いています。捜査本部は我々が引き受けるほうが合理的だと思います」

「俺たちだって、そう忙しいわけじゃない」

「安積班のみんなは、明日の夜、安積係長に時間を作りたがっているようですね」

「何だって？」

「村雨も、須田も、明日の夜、安積係長が出かけられるようにしたがっているはずです」

「速水から何を聞いたか知らんが、それは思い過ごしだ。俺の明日の夜の予定は、あくまでプライベートなことだ」

「安積班が、捜査本部に参加した場合、村雨さんや須田さんは、明日の夜、何を言い出すでしょうね」

「どういうことだ？」

「安積係長が、捜査本部を抜け出せるように画策するんじゃないですか？」

「そんなことはない。村雨だって須田だって、プライベートな事柄と仕事の区別はつける」

「そう言い切れますか？」

安積は、言葉を呑み込んで、速水を見た。速水は、何も言わない。ただ成り行きを眺めているだけだ。

「プライベートな用事のために、仕事をおろそかにするような係には、捜査本部を任せられないということか？」

「どういうふうに取っていただいても結構です。どうです？　私たちにやらせてもらえませんか？」

自分たちなら、プライベートなど投げ打って仕事に邁進する。そう言いたいのだろうか……。

「そちらから第一係がどういう風に見えているかは知らない。だが、俺は何よりも仕事を優先しているつもりだ。村雨や須田が何を言い出そうが、俺は捜査本部を抜け出したりしない」

何だか腹が立ってきた。

安積班は、水野を例外として、みんな付き合いが長い。それだけに、気心も知れている。私生活についても、何かと気を配るような関係が出来上がっている。

だが、それがよそから見て、馴れ合いに見えるのだったら心外だ。

速水が相楽に何を話したのかは知らない。だが、余計なことを言う速水にも腹が立った。

「だからです」

相楽が言った。安積は、思わず聞き返していた。

「何だって？」

「安積係長は、村雨や須田が何と言おうと、約束の午後七時に捜査本部を抜け出すようなことはしないでしょう。だから言ってるんです。捜査本部を我々に任せてくださいと……」

安積は、一瞬唖然としてしまった。

「言っていることがよくわからないんだが……」

「自分たちに足りないものを考えてみました」

「足りないもの？」

「速水さんから、村雨や須田が、安積係長をお嬢さんや元奥さんとの食事に行かせたがっているという話を聞きました。最初は、何の冗談かと思いましたよ。でも、彼らが本気だと聞いて、あきれてしまいました。そんなことで、よく刑事がつとまるもんだと……。でもね、それを速水さんに言ったら、言い返されました」

安積は、速水に尋ねた。

「おまえは、何と言ったんだ？」

速水がこたえた。

「それが、おまえに足りないものだ、と……」

相楽が言った。

「言われて考えました。自分は、部下たちのことをどれくらい知っているのだろうと……。そりゃ、自分だって経歴などは把握してますよ。でも、人を知るっていうのは、そういうことじゃないわけですよね」

安積は、どうこたえていいかわからなかった。取りあえず、相づちだけでも打っておくことにした。

「そうだな……」

「部下のことをよく知っていれば、適材適所の指示を出せたはずです。自分にもそれくらいのことはわかります。しかし、どうしたらいいのかがわかりませんでした」

「それで……？」

「それで、村雨や須田の真似をしてみることにしました。捜査本部は、我々第二係に任せて、明日は食事にいらしてください」

「ええと……。それは、俺に気をつかってくれているということか？」

「さあね、どうでしょう。村雨や須田の真似をしてみようと思っただけだと言ってるでしょう」

相変わらずの憎まれ口だ。いいぞ、相楽。そうでなくてはな……。

殺人の捜査を第二係に任せた場合、何か問題が生じるかどうか考えてみた。特に思い当たらない。

「まずは、課長に相談しないとな……」

安積の言葉に、相楽がこたえた。

「すでに課長には話してあります。安積係長次第だと、課長はおっしゃっていました」

安積は、深呼吸してから言った。

「そういうことなら、第二係にやってもらおう」

「任せてください」

「初動捜査で気になったことが一つある。それを伝えておく」

「何です？」

「通報者を洗ってみてくれ」

その一言で、相楽は事態を察したようだった。もともと優秀な刑事なのだ。

「わかりました。留意します」

相楽は、安積の前を通り過ぎ、第二係の島の前に立つと言った。

「これから、我々第二係は、お台場海浜公園で起きた殺人の捜査本部に参加する」

係員たちが一斉に立ち上がった。なかなか士気は高そうだ。

「さて、俺は帰る」

速水が言った。「余計なことをしゃべるなと、怒られそうだからな」

「ああ、怒ってるぞ」

「おまえのために話をしたわけじゃない。相楽のためを思って話したんだ」

「まあ、そういうことにしておく」

速水は、にっと笑ってから歩き去った。まったく、こいつにはかなわない。

安積は、携帯電話で、村雨と連絡を取り、第一係は全員引きあげるように指示した。


火曜日の夕刻、安積は、頼むから事件が起きないでくれと祈っていた。今何か事件が起きたら、せっかく相楽が代わってくれたことが無意味になってしまう。

落ち着かない一日の仕事がようやく終わった。テレコムセンター駅からゆりかもめで、台場駅に向かう。

その間も、いつ携帯電話が振動するか、気が気ではなかった。

七時五分前に、レストランに着いた。涼子と元女房は、五分ほど遅れて到着した。

涼子は、また少し大人になったように感じた。元女房は、まったく変わっていなかった。

二人は白ワインを注文し、安積は酒を飲もうか迷ったが、結局ノンアルコールビールにした。

ややぎこちない雰囲気で、食事が始まったが、徐々にくつろいだ雰囲気になっていった。前菜が終わり、パスタを待っていると、携帯電話が振動した。相楽からだった。何かあったのだろうか……。

「ちょっと済まん」

席を立って、電話に出た。涼子の表情が曇ったが、かつての妻は、冷静な顔をしていた。だが、明らかに落胆している。

「安積だ。どうした？」

「通報者で決まりでした」

「犯人だったのか？」

「公園内で彼女といちゃついているところを、ホームレスに覗(のぞ)かれたのだそうです。かっとなって、ホームレスと口論となり、気がついたら、うつぶせになった相手に馬乗りになり、相手の衣類で首を絞めていたそうです」

「そうか」

「供述に矛盾点がありました。倒れている被害者の二本の脚が見えたということですが、実際にそこに立ってみると、暗くて被害者の姿など見えないんです。そこから追及すると、自白しました」

安積は思い出した。現場を見たとき、遺体は鑑識が持って来たライトで明々と照らされていたのだ。

相楽の声が続いた。

「安積係長の目付けは、当たりでした」

「気になったことを伝えただけだ」

「被疑者は確保しました。一言、お伝えしておこうと思いまして」

「律儀だな」

「性分ですから。では……」

安積は、電話を切って席に戻った。

「何でもない。さあ、食事を続けよう」

涼子が不安げに尋ねた。

「本当に……？」

かつての妻が言った。

「本当よ。顔を見ればわかる」

安積は、苦笑した。

娘と元妻が、安堵（あんど）したほほえみを返してきた。

# 解説

関口苑生

今野敏の小説を読んでいると、人を信じるという気持ちの大切さと尊さをいつも思い知らされる。それは彼の作品すべてに共通する要素なのだが、中でもとりわけ強く感ずるのが《東京湾臨海署安積班》のシリーズだ。

安積剛志警部補以下、臨海署強行犯第一係の刑事たちは、どんな状況にあっても仲間を信頼し、互いを思いやる気持ちを忘れない。そんな彼らの姿に接するたびに、ああこれなんだよなあと思うのだ。

たとえば本書の前作『晩夏』のラストだ。このとき臨海署安積班の面々は、捜査本部が立ち上がって別々の行動を余儀なくされていた。その事件がようやく解決し、安積が署の第一係の席に戻ってくると――

「村雨がいて、須田がいる。黒木に、桜井に、水野。家族に会うよりも安心するな」

とつくづくそう感じるのだ。

この何気ない場面でやられてしまった。

たったこれだけの描写に、安積が彼らを思う気持ち、顔を見て安心する気持ちが滲(にじ)み出ており、読んでいてじわりと胸がほの温かくなってくる。理由もなく嬉しくなってくるのだ。この感覚はちょっとほかでは得られない独特のものかもしれない。感覚というのか、感情というのか、ともあれ心がぐらりと揺れ動くのである。といって、ことさら何かを強調しているわけではない。ごく当たり前の、何でもない文章なのである。

　いささか大仰な物言いをすると、日本近代文学の先駆者と言われた坪内逍遥は、『小説神髄』の中で「小説の主脳は人情なり」と述べている。さらにこれに先立つ江戸の昔、本居宣長は物語の本質を「もののあはれ」にあると謳った。もののあはれ——つまりは「情の感き」にほかならない。小説におけるこうした基本の精神、姿勢に時代の古い新しいは関係ない。時の流れを超えて、普遍的に生き続けるものであろう。折にふれ目にし、耳に聞き、鼻で感じ、手でさわり……といったことで生じる、しみじみとした情感や哀感が物語を進める原動力となるのである。

　安積班シリーズの物語は、まさにこの〈情感〉というやつが行間の隅々にいたるまで沁み渡っているのだった。それも特に顕著なのが、人間関係による情の感きだ。

　いい例が、水野真帆に対する接し方の変化だろう。水野は『烈日』の中の一篇「新顔」で初登場した。しかし安積は当初、彼女のことを「異分子」と感じてしまう。それもまあ無理はないかもしれない。刑事に成り立ての新人ならまだしも、彼女は須田と同期の優秀な刑事で、おまけにスタイル抜群、誰もが認める超美人であったのだ。今まで男所帯で付き合いが長いチームのところへ、こんな美貌の女性刑事がいきなりやってきて、どのような対応をしたらいいか、安積ならずとも最初は戸惑っても仕方ないというものだ。戸惑いは安積らだけではなく、水野のほうも感じていたに違いない。それが次第に慣れてきて、日々接するうちに互いに理解し合うようになり、先にも記したが『晩夏』ではそこに居て当たり前の存在に変化していく。そして本書では、さらにもう一歩進んで完全に安積班の一員、仲間と認められるようになるのだ。そのときの描き方がまた痺れる。

ストーカー事件の顚末を描いた「セレナーデ」で水野は、被害者女性の供述にちょっとした疑問を抱く。すると安積は、刑事が違和感を抱いたときは、必ず何かある。俺はそう思っている、と水野の直感を信じる発言をするのだ。これだけでも感動ものなのだが、ご期待にそえるように頑張りますと言う水野に対して、続けてもう一言——

「俺は部下に期待はしない。ただ、信じるだけだ」

とこうだ。こんなカッコいい言葉を吐く安積に加えて、速水もまた水野に、「おまえさんも、今では立派な安積班の一員というわけだ」と声をかけるのだった。

「信頼しているから、そっけなくできる。そうは思わないか?」

安積にそっけない態度をとられた水野に、速水はちやほやされているうちはお客様だとばかりこんな言葉をかけて励ますのだ。これはもう〈情の感き〉の二段重ね三段重ねである。平成の世の中だというのに、これほど昭和っぽい台詞もないだろう。だが、これがいい。読んでいるこちらの胸に真っ直ぐ飛び込んで、ぐらりと情が感くのである。

この情感が安積班シリーズ最大の魅力なのだった。

およそ三十年ほど前、今野敏は今までにない警察小説を書こうと思い、おそるおそる本シリーズをスタートした。そのときにまず思ったのは、ミステリーだから事件が起こるのは当然なのだが、そこで物語を事件解決（犯人逮捕）の方向だけには向けないというものだった。彼が目指したのは刑事たちの素の姿――些細なことで悩んだり、怒ったり、あたふたしたりする刑事たちの人間関係を書いてみたいと思ったのだ。

実際それは大きな冒険だった、と今ならわかる。ミステリー小説なのに、あいつは自分のことをどう思っているのだろうなどと、うじうじ考えている刑事が主人公なのである。上司にはよき部下であろうとし、部下にはよき上司であろうとする、要は周囲の人間には嫌われたくない男がメインとなって展開する物語。こんな警察小説は、日本ではまずなかった。だからこそ、今野敏はやってみたかったのだ。

その結果――売れ行きだの人気だのは別として、彼は確実に手応えを感じていた。小説のジャンルとして、こういう形のものも成立し得ると確信したのだった。

そして今がある。

本書『捜査組曲』は、そんな安積班シリーズの魅力を凝縮した一冊となっている。というのも、ここでは安積だけではなく、村雨、須田、黒木、桜井、水野の安積班メンバーをはじめ、強行犯第二係の相楽係長、鑑識の石倉、安積の直属の上司・榊原課長らがそれぞれ物語の主軸となり、彼らの視点で事件の様相が語られていくのだ。もちろん、署内散歩が趣味の交機隊小隊長・速水の存在も欠かせない。彼らが奏でる物語は、それぞれタイトルに「カデンツァ」「ラプソディー」「オブリガート」「セレナーデ」など、すべて音楽用語が使われている。そこから想像できることは、いくつもの楽曲を使い、さまざまな音楽的手法を駆使し、やがてひとつの組曲が仕上がっていくように、本書もこれら個性の固まりである人物たちの物語を通して、東京湾臨海署組曲を完成させたというわけだ。

その中心に安積がいるのは当然としても、本書では須田のこともよく語られる。人が驚くときにはこういう表情をするんだ、悲しいときにはこんな表情になるんだと、いつも絵に描いたようなリアクションをする須田。その彼に対して、村雨や相楽はどんな思いで接しているのか、本当にいろいろな見方――作者の側からいうと演奏の仕方があるのだと驚く。たとえば「コーダ」は、須田といつもコンビを組んでいる黒木の、彼に対する気持ちを描いた一篇だが、これが実に胸キュンものなのだ。

須田のリアクションに対して、黒木も最初は自分の本心を隠すつもりで演技を続けているのかもしれないと思っていた。だが、それが誤りであったことにじきに気づく。須田は間違いなく〝天然〟なのだった。それが須田の凄さでもある。それから黒木は決めた。須田が何を言い出しても異を唱えない。彼が孤立しそうになったら、必ず味方になると。

そしてここが重要なのだが、そんな須田のことを貴重な人材だと言う安積も含めて、この二人にならば、何があってもついていけると思うのだ。

あるいはまた「リタルダンド」では、村雨とコンビを組む桜井の心情が事細かに描かれる。安積は桜井のことを、村雨から厳しい指導を受けているのではないか、無理難題を押しつけられているのではないかと、いつも心配している。ところが当の桜井はというところもやっぱり泣ける。彼は上司のことを本当に師匠と思って、行動を共にしているのだった。

その村雨はというと、安積を助けたいと思う気持ちが常にある。安積は部下にとっては防波堤だ。身を挺して部下を助けようとしている。「ダ・カーポ」では、そんな安積を助けられるのは自分しかいないと思う村雨の心根がじんと胸に沁みてくる。それが自分と須田の差であると。警察組織の中で須田が安積を守れるかというと、おそらく無理だ。警察は役所であり、法や規定に則って行動しなければならず、煩雑な手続きや約束事が山のようにある。安積ができるだけそうしたものに煩わされないようにするのが自分の役割だと信じているのだ。

ほかにも安積に異常なライバル意識を燃やす相楽や、その相楽から安積を贔屓しているのではないかと言われ、鑑識業務のストライキを起こす石倉など、長編では味わえない脇役たちの物語が満載となっている。

言葉は悪いけれども、これらの関係を見ているとまるで任侠の世界かと思ってしまう。だが、かりにそうだとしても、熱いものが込み上げてくる気持ちには変わりない。なぜなら任侠とは男気の意味でもあり、人として恥じることのない生き方の道を意味するものでもあるからだ。安積班のメンバーはそれらのことを自然体で吸収し、その上で事件を追う厳しい視線と、仲間を思う優しい眼差しに溢れているのだった。

かつて、東京湾臨海署は二階建てで、プレハブに毛が生えたような建物だった。それが今では七階建ての近代的なビルに生まれ変わっている。時代の流れでもあったのだろうが、安積班の面々は、ベイエリア分署の時代を忘れずに〈仲間＝家族〉と思い、犯罪に立ち向かっていく。こんな素敵な警察小説など、全世界でほかにどれひとつとしてない。今野敏ただひとりが辿り着いた、栄光の地点だと信じる。

やっぱりこの人は凄い。わたしは、一生彼についていく決意を新たにした。

（せきぐち・えんせい／文芸評論家）

本書は二〇一四年八月に小社より単行本として刊行されたものです。

ハルキ文庫

# 捜査組曲 東京湾臨海署安積班

著者 今野 敏

2016年7月18日第一刷発行

発行者 角川春樹

発行所 株式会社角川春樹事務所
〒102-0074 東京都千代田区九段南2-1-30 イタリア文化会館

電話 03(3263)5247(編集)
03(3263)5881(営業)

印刷・製本 中央精版印刷株式会社

フォーマット・デザイン 芦澤泰偉
表紙イラストレーション 門坂 流



ISBN978-4-7584-4015-8 C0193 ©2016 Bin Konno Printed in Japan
http://www.kadokawaharuki.co.jp/[営業]
fanmail@kadokawaharuki.co.jp[編集] ご意見・ご感想をお寄せください。

## 二重標的（ダブルターゲット） 東京ベイエリア分署

今野 敏

若者ばかりが集まるライブハウスで、30代のホステスが殺された。
東京湾臨海署の安積警部補は、事件を追ううちに同時刻に発生した
別の事件との接点を発見する——。ベイエリア分署シリーズ。

## 硝子（ガラス）の殺人者 東京ベイエリア分署

今野 敏

東京湾岸で発見されたTV脚本家の絞殺死体。
だが、逮捕された暴力団員は黙秘を続けていた——。
安積警部補が、華やかなTV業界に渦巻く麻薬犯罪に挑む！（解説・関口苑生）

## 虚構の殺人者 東京ベイエリア分署

今野 敏

テレビ局プロデューサーの落下死体が発見された。
安積警部補たちは容疑者をあぶり出すが、
その人物には鉄壁のアリバイがあった……。（解説・関口苑生）

## 神南署安積班

今野 敏

神南署で信じられない噂が流れた。速水警部補が、
援助交際をしているというのだ。警察官としての生き様を描く8篇を収録。
大好評安積警部補シリーズ。

## 警視庁神南署

今野 敏

渋谷で銀行員が少年たちに金を奪われる事件が起きた。
そして今度は複数の少年が何者かに襲われた。
巧妙に仕組まれた罠に、神南署の刑事たちが立ち向かう！（解説・関口苑生）